Die drei !!!

Die drei !!!

Tatort Geisterbahn

Mira Sol

KOSMOS

Umschlagillustration von Ina Biber, Gilching
Umschlaggestaltung von Sabine Reddig

Weitere Bände dieser Reihe siehe S. 160

FSC www.fsc.org
MIX
Papier aus verantwortungsvollen Quellen
FSC® C083411

Gedruckt auf chlorfrei gebleichtem Papier

ISBN 978-3-440-16998-8
Redaktion: Franziska Latoska
Produktion: Lena Geiger
Druck und Bindung: CPI books GmbH, Leck
Printed in Germany / Imprimé en Allemagne

Die drei !!!

Tatort Geisterbahn

Schlimme Finger

Marie zog die schwere Tür zum Keller auf. Augenblicklich schwoll der Lärmpegel an und wummernde Bässe und kreischende Gitarrensounds schlugen ihr entgegen. Kopfschüttelnd rannte sie die Treppe hinunter.

Die Musik wurde immer lauter, je weiter sie nach unten lief. Im Gewölbe spürte Marie, wie der Boden unter ihren Füßen bebte.

»Seid ihr total verrückt geworden!«, rief sie verärgert.

Aber die dröhnende Musik schluckte ihre Worte. Niemand antwortete.

Sie ging an den langen Regalen mit Weinflaschen und Einmachgläsern vorbei und steuerte auf den Durchgang zum Fitnessraum zu. Als sie ihn erreicht hatte und in den Raum hineinsah, war ihre Wut jedoch im Nu verraucht. Marie musste laut lachen: Vor dem großen Spiegel stand ihr dreijähriger Bruder Finn und zappelte heftig im Takt der Musik. Er hatte ein viel zu großes schwarzes Shirt mit einem weißen Totenkopf auf der Brust an, dazu trug er Jeans und ein Basecap, das er sich tief

in die Stirn gezogen hatte. Darüber war ein Paar knallroter Schallschutz-Kopfhörer gestülpt.
Neben Finn tanzte Sami, der finnische Au-pair-Junge. Beide wippten heftig mit den Köpfen auf und ab. Dazu bewegten sie Arme und Hände, als würden sie E-Gitarre spielen.
»Ihr mit eurem komischen Luftgitarren-Training!«, rief Marie und lächelte.
In dem Moment bemerkte Sami sie erst. Er drehte sich um und winkte ihr zu. Finn spielte weiterhin konzentriert auf seinem nicht vorhandenen Instrument.
Sami nickte anerkennend. »Dein Bruder ist sehr begabt!«, rief er gegen die Musik an und lief zur Anlage.
Marie verdrehte die Augen. »Kann ja sein!«, rief sie zurück. »Aber ihr seid einfach zu laut!«
»Schrei doch nicht so«, sagte Sami, der mitten in Maries Satz die Lautstärke heruntergeregelt hatte. Er grinste schief. »Sorry, hört man das etwa bis oben in der Villa?«
Marie nickte.
Finn drehte sich irritiert um. »Was is?«, rief er mit heller Stimme. Er nahm seinen Schallschutz-Kopfhörer ab und lief zu Marie. »Hi! Machst du mit?«
»Oh, nein.« Marie lächelte ihren Bruder an. »Ein Luftgitarren-Verrückter in der Familie Grevenbroich reicht mir völlig.« Sie seufzte. »Jetzt mal im Ernst: Es klingt, als würde in meinem Zimmer eine zehnköpfige Heavy-Metal-Band proben. Wahrscheinlich wird der Schall durch irgendeinen Schacht nach oben geleitet.«

Sami machte ein schuldbewusstes Gesicht. »Das wusste ich nicht, tut mir leid!«
»Macht die Musik doch einfach etwas leiser«, bat Marie. Sie strich ihrem kleinen Bruder über den Kopf. »Dann braucht er den Ohrenschutz auch nicht.«
»Aber ich habe deinem Vater versprochen, dass Finn sie immer trägt, wenn wir üben«, antwortete Sami. »Und deshalb müssen wir die Lautstärke voll aufdrehen. Er hört ja sonst gar nichts!«
»Das klingt natürlich total logisch«, antwortete Marie mit ironischem Unterton. Sie sah kopfschüttelnd von Sami zu Finn. »Na ja, egal. Was haltet ihr davon, wenn ich euch ein paar Muffins vorbeibringe und ihr eine Pause macht? Dann können Franzi, Kim und ich uns in Ruhe weiter unterhalten. Na, was meint ihr?«
Sie beugte sich zu Finn hinunter und schob die Mütze ein Stück hoch, um ihm in die Augen sehen zu können. Sofort erstarrte Marie vor Schreck: Finn hatte eine klaffende Wunde auf der Stirn! Sie zog sich von der Augenbraue bis in den Haaransatz hinein und ihre Ränder waren blutverkrustet. Marie blieb beinahe das Herz stehen. »Was ist passiert, bist du hingefallen?«, rief sie und kniete sich hin, um die Verletzung genauer zu betrachten. Sie sah Sami vorwurfsvoll an. »Hast du das denn nicht gesehen?«
»Doch, natürlich …«, begann Sami.
»Wir müssen sofort zum Arzt«, unterbrach ihn Marie.
Finn kicherte. »Das muss so sein!«

Marie traute ihren Ohren nicht.
»Ich glaube, wir müssen dir was erklären!« Sami lachte und zwinkerte Finn zu.
Marie verschränkte die Arme vor der Brust. »Ach ja?«
»Die Narbe ist nur geschminkt«, sagte Sami. »Wir waren vorhin nämlich bei einer Veranstaltung für Kinder auf der Herbstkirmes.« Er zog den Ärmel seines Pullis hoch und zeigte eine gruselige Schnittwunde, die sich über den gesamten Unterarm zog. Auch sie war blutverkrustet, war aber, im Gegensatz zu Finns Wunde, scheinbar genäht worden. Eine Reihe von schwarzen, stacheligen Fäden säumte die Ränder.
Marie spürte, wie ihr eine Gänsehaut den Nacken hinaufkroch. Sie schüttelte sich.
»Irre, oder?«, fragte Sami begeistert. »Ich finde es toll, was man alles mit ein bisschen Latex und Schminkfarbe machen kann.« Vorsichtig krempelte er den Ärmel wieder herunter und strich ihn glatt.
»Ähm, jaaa«, sagte Marie gedehnt und versuchte, nicht auf Finns Kunstwunde zu sehen.
Der Kleine strahlte Marie glücklich an. »Clarissa kann toll gruselig malen!«
»Das stimmt.« Marie stand wieder auf und strubbelte Finn über den Kopf. »Und wer ist Clarissa?«
»Clarissa macht Leuten Angst«,sagte Finn. »Aber sie ist lieb!«
Als Sami Maries erstauntes Gesicht sah, erklärte er: »Das Event heute wurde von den Betreibern einer Geisterbahn veranstaltet. Sie hatten die Idee, einen Tag vor der Eröffnung der

Kirmes eine Führung für Kinder zu machen, damit sie sehen können, wie ihr Fahrgeschäft funktioniert. Clarissa Schubart arbeitet dort als *lebender Geist*, sie läuft verkleidet herum und erschreckt die Leute ein bisschen.« Sami schnappte sich seinen Rucksack und begann, darin herumzuwühlen. »Clarissa hat den Kindern gezeigt, wie die Mechanik bei den Geisterbahnfiguren funktioniert«, erzählte er weiter. »Und dann noch, wie sie sich als Geisterbraut verkleidet und schminkt. Es war sehr spannend!« Er zog etwas aus seinem Rucksack hervor. »Wir haben auch Gutscheine bekommen. Hier.« Er reichte Marie drei bunt bedruckte Kärtchen und grinste breit. »Für dich und deine Freundinnen. Als kleine Wiedergutmachung für die Ruhestörung eben!«

»Danke!« Marie nahm die Kärtchen und betrachtete das Bild auf der obersten. Ein gelbäugiges Zottelmonster riss seinen gewaltigen Rachen auf und zeigte zwei Reihen messerscharfer Zähne. Hellrotes Blut tropfte an ihnen herab. Hinter dem Monster war eine gruselige alte Burg zu sehen, deren Türme mit Spinnweben verhangen waren. »*Das Gespensterschloss*«, las Marie den Text neben dem Bild vor. »*Gepflegter Grusel vom Feinsten* – das klingt doch gut! Franzi und Kim wollen das bestimmt auch sehen!«

»Was denn?«, rief plötzlich eine Stimme hinter Marie. Sie drehte sich um. Kim und Franzi winkten vom Durchgang aus in den Raum. »Hast du uns etwa vergessen?«, fragte Franzi. Mit einer energischen Handbewegung zog sie den Haargummi an einem ihrer kurzen roten Zöpfe fest.

Kim blickte sich aufmerksam im Raum um. »Was sollen wir uns denn ansehen? Gibt es etwa einen neuen Fall?«
Marie musste lächeln. Kim war einfach mit Haut und Haaren Detektivin. Ständig war sie auf der Suche nach einem neuen Verbrechen, das sie zusammen mit ihr und Franzi aufklären konnte. Seitdem sie den Detektivclub *Die drei !!!* gegründet hatten, waren ihnen bereits massenweise Diebe, Erpresser, Betrüger und andere Kriminelle in die Falle getappt. Sogar im Ausland hatten sie schon erfolgreich ermittelt! Marie war sehr stolz darauf. Ihre Freundinnen und sie waren wirklich ein Superteam.
Ein Schrei unterbrach Maries Gedanken. Er stammte von Kim, die Finns Wunde entdeckt hatte.
»Was hast du da?« Kim sah fassungslos auf Finns Stirn. »Das sieht ja schlimm aus!«
»Nein!«, rief Finn. »Das ist schön.« Trotzig schlang er sich die Arme um den Oberkörper und reckte das Kinn. Das künstliche Blut seiner Latexwunde funkelte im Licht der Lampen.
Kim blieb der Mund offen stehen. Sie sah Marie entsetzt an.
Marie strich sich eine Strähne ihrer langen blonden Haare hinter das Ohr. »Entwarnung, Kim! Die Wunde ist nicht echt.«
»Wie bitte?« Kim kniff die Augen zusammen und betrachtete Finn genau.
Franzi kam ebenfalls neugierig näher. Stolz präsentierte Finn den Mädchen seine Stirn.
Sami sah belustigt zu. »Kleiner Mann, du verstehst es, die Frauen für dich zu interessieren!«

»Hä?« Finn sah den Au-pair-Jungen verständnislos an. Dann zuckte er mit den Schultern und begann, in seiner Hosentasche zu kramen.
Marie erzählte ihren Freundinnen von Clarissa Schubart und der Geisterbahn-Führung.
»Das klingt echt spannend!«, sagte Kim schließlich. »So etwas würde ich auch gerne mal machen.«
»Schaut mal!«, rief Finn plötzlich und streckte seinen Arm aus. Er hatte einen kleinen Gegenstand auf der flachen Hand. Marie beugte sich herunter, um zu sehen, was es war, doch im nächsten Moment zuckte sie zurück. »Ein Finger!«
»Ein *schlimmer* Finger«, verbesserte Finn sie. »Der ist nämlich ab.«
Marie betrachtete das kleine Kunstwerk aus Latex und Farbe. Es sah aus wie ein echter menschlicher Daumen, der abgetrennt worden war. Viel Kunstblut verstärkte den Gruseleffekt.
»Für dich!«, sagte Finn mit einem strahlenden Lächeln und drückte Marie den Finger in die Hand.
»Oh, danke. Das ist …«, Marie schluckte, »… echt lieb von dir.« Sie starrte auf das Grusel-Utensil. »So etwas habe ich mir … schon immer gewünscht.«
Finn sah seine große Schwester zufrieden an.
»Clarissa versteht ihr Handwerk wirklich«, sagte Sami. »Für die Dekoration der Geisterbahn stellt sie alle möglichen Körperteile her, sogar ganze Skelette. Und sie verkauft die Sachen auch über einen Online-Handel. Für Motto-Partys und so.« Der Au-pair-Junge zwinkerte Marie zu. »Wenn du also noch

mehr von den Dingern haben möchtest, sag Bescheid. Ich bin morgen mit ihr verabredet. Sie zeigt mir ihre Werkstatt und will mir ein Angebot für die Ausstattung meiner Abschiedsparty machen.«

Marie winkte dankend ab und steckte den Gummifinger in die Seitentasche ihres Minirocks. »Ich glaube, eins davon reicht mir völlig.«

Kim war hellhörig geworden. »Du machst eine Abschiedsparty?«, fragte sie Sami. »Heißt das, du fährst wieder nach Hause?«

Sami nickte. Er zog den Klettverschluss, der sich an einem von Finns Schuhen gelöst hatte, wieder fest und richtete sich auf. »Ich habe überraschend doch noch einen Studienplatz für Medizin bekommen. Die Vorkurse beginnen schon Mitte November.« Sami legte Finn eine Hand auf den Kopf. »Ich werde den Kleinen und seine Familie sehr vermissen. Aber es hilft nichts, ich muss schon nächste Woche weg.«

Finn sah zu Sami hoch. »Du musst keine Angst haben. Wir kommen alle mit!«

Sami lächelte. »Ja, ihr kommt mich alle besuchen. Das haben wir ja schon ausgemacht.« Er zog Finn zu sich hoch und hielt ihn locker im Arm.» Aber erst mal gehe ich alleine nach Helsinki. Ich muss noch eine Wohnung finden.«

Finn kuschelte sich an Samis Hals. »Du schaffst das«, sagte er mit fester Stimme.

»Aber klar!«, antwortete Sami. Er klatschte sich mit Finn ab.

Marie seufzte. Sie fand es sehr schade, dass Sami schon bald

wieder zurück nach Finnland gehen würde. Ihr kleiner Bruder und er verstanden sich so gut. Und sie selbst mochte den Au-pair-Jungen auch. Sie waren in den letzten Monaten richtig gute Freunde geworden. Sie würde Sami sehr vermissen!
»Das ist ja schade«, sagte Franzi prompt. »Also, ich meine, dass du schon bald gehst. Aber das mit dem Studienplatz ist natürlich super. Herzlichen Glückwunsch!«
Auch Kim gratulierte.
Sami bedankte sich und hob Finn auf seine Schultern. »Ja, ich habe wirklich Glück gehabt, dass es so schnell ging.« Er sah auf seine Armbanduhr. »Schon so spät«, stellte er fest. »Ich muss noch für das Abendessen einkaufen!« Er sah zu Finn hoch. »Was ist, Lust auf eine rasante Fahrt im Einkaufswagen?«
»Ja!« Finn reckte begeistert die Arme in die Luft. »Und Lollis!«
»Mal sehen«, antwortete Sami. Er nickte Kim und Franzi zu. »Ihr seid natürlich auch herzlich zur Abschiedsparty eingeladen. Nächsten Dienstag ab 16:00 Uhr tanzen hier die Geister!«
»Super, danke!«, riefen Kim und Franzi wie aus einem Mund.
Sami verabschiedete sich von den Mädchen und lief mit Finn auf den Schultern zum Durchgang. »Genießt die himmlische Ruhe!«, rief er noch und lachte. Dann tauchten die beiden ab.

Zwei Minuten später saßen die drei Detektivinnen in Maries Zimmer. Kim zündete die Kerzen wieder an, die sie vorhin eilig ausgepustet hatte, bevor sie und Franzi Marie in den Keller gefolgt waren.

»Tut mir leid, dass es so lange gedauert hat.« Marie goss Tee nach und ein fruchtig-süßes Aroma von Pfirsich und Vanille breitete sich aus. »Sami und Finn sind eben immer für eine Überraschung gut. Ich habe gar nicht gemerkt, dass die Zeit so schnell vergangen ist.«

Kim klopfte ihr Sitzkissen zurecht und ließ sich hineinsinken. Sie löffelte etwas Zucker in ihre Tasse und rührte nachdenklich um. »Jungs können wirklich auf die seltsamsten Ideen kommen.«

Franzi kicherte. »Du sagst es!« Sie schnappte sich einen Muffin von der silbernen Platte, die auf dem Boden stand, und nahm einen kleinen Bissen. »Blake ist auch nicht viel besser«, nuschelte sie. »Er hat neulich, als wir zusammen im Park waren, seinen neuen Sportrolli einem Härtetest unterzogen. So hat er es jedenfalls formuliert.« Franzi schluckte und schüttelte den Kopf. »Dabei ist er voll im See gelandet. Zum Glück hat er sich nicht verletzt, aber jetzt liegt er mit einer fiesen Erkältung flach.«

Franzi und Blake waren schon seit längerer Zeit ein Paar. Und zwar ein sehr süßes, wie Marie fand. Die beiden hatten sich im Waldschwimmbad kennengelernt und ineinander verliebt. Es hatte eine ganze Weile gedauert, bis sie endlich richtig zusammengekommen waren, aber jetzt waren die beiden unzertrennlich. Blake saß nach einem Reitunfall, bei dem er sich am Rücken verletzt hatte, im Rollstuhl. Das hinderte ihn nicht daran, zahlreiche Sportarten auszuüben und überhaupt ein ziemlich rasantes Leben zu führen. Er passte damit ganz hervorragend

zu der sportlichen Franzi, die für ihr Leben gern Ausritte mit ihrem Pony Tinka machte, skatete, joggte oder kletterte. Die beiden waren ein richtiges Power-Duo, fand Marie.
»Manchmal nervt es mich, dass Blake immer im Mittelpunkt stehen muss«, sagte Franzi unvermittelt. Sie strich über die weiche Kaschmirdecke, die sie sich über die Beine gelegt hatte. »Aber wahrscheinlich braucht er das einfach.« Sie zuckte mit den Schultern. »Jeder hat eben so seine Besonderheiten.« Kim und Marie nickten.
Kim biss in ihren Muffin, kaute genüsslich und schluckte. »Die schmecken übrigens großartig, Franzi«,schwärmte sie. »Deine Mutter backt einfach fantastisch.«
Marie stimmte sofort zu: »Die sind wirklich supergut. Total fluffig!«
Franzi grinste. »Ich werde es Mama sagen. Sie hat ein neues Rezept ausprobiert und wollte, dass wir das Ergebnis testen. Ich werde ihr dazu raten, dass sie die Kürbis-Kokos-Muffins in ihr Programm aufnehmen soll, oder?«
»Auf alle Fälle!«, rief Kim und biss erneut in ihr Gebäckstück. »Und am besten, sie öffnet das Hofcafé jeden Tag.«
»Bloß nicht«, antwortete Franzi. »Mir reicht es wirklich, wenn jeden Sonntagnachmittag bei uns Hochbetrieb herrscht. Seit meine Eltern das alte Gewächshaus zum Café umgebaut haben, kommen die Leute scharenweise. Die finden nicht nur die Kuchen toll, sondern auch den Ort.«
»Kann ich verstehen«, sagte Marie. »Das Glashaus ist ja auch wunderschön geworden.« Sie beugte sich vor und griff nach

der Teekanne. Ihre Halskette schwang dabei leicht hin und her. Marie berührte den winzigen silbernen Schwan, der daran hing, und lächelte. Holger hatte ihr den Anhänger geschenkt, als sie nach einer längeren Beziehungspause wieder zusammengekommen waren. Sie spürte ein sanftes Kribbeln im Bauch.

»Wie läuft es bei dir eigentlich gerade?«, wollte Franzi prompt wissen. »Bist du immer noch so glücklich?«

Marie spürte, wie ihr Herz schneller zu klopfen begann. »Ich bin so was von total-super-wahnsinnig verliebt«, schwärmte sie, während sie Tee nachschenkte. »Ich kann es kaum abwarten, Holger am Montag zu sehen. Wir wollen zum Schwänefüttern in den Jakobipark.«

»Wie romantisch«, sagte Kim sehnsüchtig. »So etwas wünsche ich mir auch.«

Franzi legte den Arm um sie. »Auch du wirst deinen Traumjungen bald finden. Ganz bestimmt!«

Kim räusperte sich. »Ja, mal sehen.«

Marie bemerkte, dass Kim rote Wangen bekam und verträumt vor sich hinblickte. »Sag mal«, begann sie vorsichtig. »Was ist eigentlich mit Sebastian?« Sie beobachtete Kim ganz genau. Sebastian Husmeier war der Leiter des Schreibworkshops, den Kim seit einiger Zeit im Jugendzentrum besuchte. Es war schon lange kein Geheimnis für Franzi und Marie mehr, dass Kim mehr als nur für ihn schwärmte. Auch wenn sie es nicht zugab: Sie war total in ihn verliebt!

»Bist du immer noch in ihn verschossen?«, platzte Franzi heraus.

Marie warf Franzi einen warnenden Blick zu.
Kim verdrehte die Augen und schnappte sich eins der Gutschein-Kärtchen, die Marie neben sich auf den Boden gelegt hatte. »Wo sind die denn her?«, fragte sie.
»Du lenkst ab«, stellte Franzi fest. »Willst du uns wirklich nicht ...«
»Nein.«
Marie seufzte. Franzi hatte eine sehr direkte Art und sagte immer frei heraus, was sie dachte. Das war einerseits angenehm, weil man bei ihr genau wusste, woran man war. Andererseits konnten ihre offenen Worte einen manchmal ganz schön überrumpeln oder sogar verletzen – auch wenn Franzi es gar nicht so meinte.
Kim jedenfalls wollte nicht weiter über Sebastian reden. Sie hielt Marie das Kärtchen von der Geisterbahn vors Gesicht. »Hast du die von Sami?«
Marie nickte und sah Kim und Franzi fragend an. »Habt ihr Lust, morgen auf die Kirmes zu gehen und sie einzulösen?«
»Au ja!« Franzi war sofort Feuer und Flamme. Ihre grünen Augen blitzten unternehmungslustig. »Ich bin schon Ewigkeiten nicht mehr Geisterbahn gefahren!«
»Morgen geht bei mir auf keinen Fall«, sagte Kim. Ihre Wangen färbten sich schon wieder rot. »Da ist der Schreibworkshop.« Sie legte die Gutscheine auf den Boden zurück. »Könnt ihr auch am Samstag?«
Franzi nickte. »Klar!«
Marie schnappte sich ihr Handy vom Schreibtisch. »Ich muss

nur schnell schauen, wann ich meinen Friseurtermin habe.«
Sie öffnete den Kalender.

Im selben Moment brummte Kims Smartphone. Sie zog es aus der Hosentasche und las die eingegangene Nachricht. Augenblicklich machte sie ein enttäuschtes Gesicht.

»Was ist los?«, fragte Marie besorgt.

Haiku-Coup

Geheimes Tagebuch von Kim Jülich
Donnerstag, 21:30 Uhr

WARNUNG an alle, die das hier lesen, obwohl sie nicht Kim Jülich heißen: Ich schicke euch ein gelbäugiges Zottelmonster vorbei, das messerscharfe Vampirzähne hat, an denen euer Blut heruntertropfen wird. Keine Ahnung, wie ich da jetzt drauf gekommen bin. Aber es ist ein sehr deutliches Bild – oder?!?

Es ist eine Katastrophe. Sebastian hat den Workshop verschoben! Zwar nur um einen Tag, aber das ist trotzdem total schlimm für mich. Ich habe mich die ganze Woche so darauf gefreut, ihn morgen endlich wiederzusehen. Und jetzt kann er nicht, weil ihm eine wichtige Redaktionskonferenz dazwischengekommen ist. Als er heute Nachmittag die Nachricht geschickt hat, war das wie ein Schlag ins Gesicht für mich. Ich weiß, dass meine Reaktion ziemlich krass ist. Aber was soll ich denn machen?! Ich fühle nun mal so. Mir ist doch schon lange klar, dass ich verliebt bin. Verliebt in Sebastian Husmeier. Es ist total verrückt. Es ist wahrscheinlich falsch. Es ist wahrscheinlich unmöglich. Aber es ist, was es ist.

Ich bin so verliebt, verliebt, verliebt.

Sebastian ist mein Vorbild, er ist nämlich ein toller Journalist und Krimiautor. Aber mir gefällt noch viel mehr an ihm. Ich mag seine Stimme. Und seine Augen. Und sein Lächeln. Ich mag, wie er denkt und wie er mit den Leuten spricht. Ich mag einfach alles an ihm.

Und jetzt?!

Ich muss es wissen. Wie findet Sebastian mich? Er ist immer sehr nett zu mir. Aber eigentlich ist er zu allen immer sehr nett. Auch, wenn er manchmal eine Stelle in einem Text nicht so gut findet. Dann sagt er das mit so netten Worten, dass man sich gar nicht bloßgestellt fühlt. Man fühlt sich ernst genommen. Vor vier Wochen hat er sogar zusammen mit mir einen Artikel geschrieben und veröffentlicht. Er hat mich »junge Kollegin« genannt. Und seine Augen haben dabei irgendwie besonders geleuchtet. Oder bilde ich mir das nur ein?! Findet Sebastian mich einfach nur nett? Oder ist da mehr? Ich muss es endlich wissen. Ich kann doch nicht stundenlang in mein Tagebuch schreiben, mir das Hirn zermartern und das Leben zieht dabei einfach an mir vorbei. Ich muss mit Sebastian reden! Aber wie mache ich das am besten? Ich kann ja wohl nicht einfach zu ihm gehen und ihm sagen: Ich habe mich in dich verliebt! Oder doch? Franzi würde das wahrscheinlich machen. Aber ich bin nicht Franzi. Ich kann nicht so direkt sein. Ich bin eher der vorsichtige Typ.

Nachdem ich jetzt eine halbe Stunde gegrübelt hab, weiß ich, wie ich es mache: Ich versuche, Sebastian am Ende des Workshops in ein Gespräch zu verwickeln. So lange, bis alle anderen Teilnehmer gegangen sind. Ich brauche nur ein gutes Thema, über das wir uns ganz unbefangen unterhalten können ... Genau!!! Ich werde ihm das Gedicht zeigen, das ich letzte Woche geschrieben habe. Natürlich hab ich dabei an Sebastian gedacht. Aber das muss ich ihm ja nicht sagen, also jedenfalls nicht gleich.

Flüchtiger Moment
In den Augen ein Strahlen
Es trifft genau in mein Herz

Das Gedicht hat eine ganz bestimmte Form, es ist ein japanisches Haiku. So etwas zu schreiben ist gar nicht so leicht. Es muss sich zwar nicht reimen, aber es sollen genau 17 Silben sein, auf drei Zeilen verteilt. Ich muss noch ein bisschen herumfeilen, ich hab noch zwei Silben zu viel drin. Aber vielleicht kann ich ja genau darüber mit Sebastian sprechen. Ich werde ihm natürlich nicht sagen, dass das Gedicht von mir ist. Aber ich hoffe, dass er merkt, dass es etwas mit ihm zu tun hat. Ich muss mir noch genau ausdenken, wie ich vorgehe.
Hoffentlich drehe ich nicht durch bis Samstag. Ich halte es kaum aus. Wie wird Sebastian reagieren?! Ist das Ganze vielleicht doch nur eine total doofe Idee? Soll ich vorher lieber mit Franzi und Marie reden?
Nein. Ich muss da jetzt alleine durch.
Wenn wir doch einen neuen Fall hätten! Dann könnte ich mich mit den Ermittlungen ablenken. Aber da ist weit und breit kein Verbrechen in Sicht. Na ja, wenigstens gehen Franzi, Marie und ich morgen auf die Herbstkirmes. Marie hat Gutscheine für die Geisterbahn geschenkt bekommen. Vielleicht bringen mich Monster, Vampire, Hexen und Folterknechte auf andere Gedanken?!?

Marie trat ungeduldig von einem Bein auf das andere und sah auf ihre Armbanduhr. Sie war tatsächlich zehn Minuten zu früh dran! Kim und Franzi würden bestimmt ganz schön staunen, dass sie schon auf sie wartete. Meist kam sie nämlich als Letzte zu ihren Treffen. Irgendwie kam Marie immer wieder etwas dazwischen, sodass sie es nicht pünktlich schaffte. Heute aber hatte sie sofort nach dem Mittagessen und dem Anruf bei Kim und Franzi ihr Fahrrad geschnappt und war losgefahren. Sie hatte sich noch nicht einmal umgezogen, obwohl sie das nach der Schule eigentlich immer tat. Die Neuigkeiten, die sie von Sami erfahren hatte, waren aber auch zu spannend gewesen! Marie spürte das bekannte Kribbeln im Bauch, das sich immer einstellte, wenn sie einen neuen Fall witterte. Sie atmete tief durch. Gleich würden sie mehr wissen.

»Hey!«, ertönte Franzis Stimme hinter Marie.

Sie drehte sich überrascht um. Ihre Freundin sprang vom Rad und schloss es am Fahrradständer hinter der Stadthalle an.

»Das ist ja der Hammer!«, rief Franzi und grinste über das ganze Gesicht. »Du bist schon da! Ich dachte, ich würde die Erste sein.«

Marie zupfte einen Faden von ihrem hellblauen Kapuzenpulli. »Ich wollte mal mit alten Gewohnheiten brechen.« Sie ließ den Faden fallen.

»Das klingt doch gut.« Franzi fuhr sich durch ihr vom Fahrtwind zerzaustes Haar und zog zwei Haargummis aus der Hosentasche. Während sie sich schnell zwei Zöpfe machte, sah sie Marie neugierig an. »Also, es gab tatsächlich einen Einbruch?«

»Genau! Sami hat vorhin erzählt, dass ...«

»Hallo, ihr zwei«, unterbrach Kim Maries Satz. Ihr knallrotes Gesicht und kleine Schweißtropfen am Haaransatz verrieten, dass sie sehr schnell gefahren sein musste. Sie stellte ihr Fahrrad neben das von Franzi und schloss es ebenfalls ab. Dann ging sie zu ihren Freundinnen. Sie klopfte auf ihre Umhängetasche. »Fingerabdruck-Set, Lupen, Handschuhe – ich habe alles sofort eingepackt, nachdem du angerufen hast.« Kim sah Marie und Franzi begeistert an. »Ich finde es unglaublich, dass wir einen neuen Fall haben. Und dann auch

noch auf der Kirmes! Wo steht der Wohnwagen denn, in den eingebrochen wurde?«
Marie zuckte mit den Schultern. »Das weiß ich nicht. Wir müssen erst Clarissa Schubart suchen und mit ihr sprechen.«
Während sie auf den großen Torbogen zusteuerten, der den Eingangsbereich zur Kirmes markierte, erzählte Marie weiter: »Also, wie ich euch vorhin am Telefon gesagt habe, war Sami heute Vormittag mit Clarissa Schubart verabredet – der Frau von der Geisterbahn, die diese Gruselartikel herstellt.« Marie überholte eine Familie mit drei kleinen Kindern, die ebenfalls zum Kirmestor lief. Franzi und Kim folgten ihr.
»Sie hat Sami erzählt, dass heute Morgen in ihren Wohnwagen eingebrochen wurde, während sie bei ihren Eltern zum Frühstücken war«, sagte Marie. »Sie musste nachsehen, ob etwas gestohlen worden war. Daher konnte sie nicht mit Sami sprechen. Er ist also wieder nach Hause gegangen und hat mir beim Mittagessen von der Sache berichtet.«
»Hat Clarissa Schubart denn einen Verdacht geäußert, wer es gewesen sein könnte?«, wollte Kim wissen.
»Nein«, sagte Marie.»Sami hat sie aber auch gar nicht gefragt.« Sie musste lauter reden, weil die Musik der Kirmes-Fahrgeschäfte bereits zu ihnen drang. »Er ist eben kein Detektiv.«
Franzi grinste. »Dafür sind wir ja jetzt da!«
»Genau!«, rief Marie. »Wir müssten Clarissa in der Nähe der Geisterbahn finden. Sie ist heute als *Geisterbraut* verkleidet, hat Sami gesagt.«

Die drei !!! stürzten sich in die Menge. Zahlreiche Menschen drängten sich vor den Fahrgeschäften und auf den Wegen zwischen den Buden und Ständen. Der verführerische Duft von Zuckerwatte, gebrannten Mandeln und frischen Butterwaffeln, Bratwurst und Pommes hing schwer in der Luft. Kim schnupperte begeistert. »Nachher brauche ich unbedingt eine Waffel mit Sahne und heißen Kirschen!«

»Kein Problem!«, rief Marie über die Schulter zurück. »Aber erst kommt die Arbeit.«

Kim zog die Augenbrauen hoch. »Ja klar, was denkst du denn?«

»Da vorne, das muss es sein!«, rief Franzi plötzlich. Sie deutete schräg nach links.

Marie sah zuerst nur das Riesenrad mit den bunt angemalten Gondeln, das sich langsam drehte. Dann entdeckte sie drei hohe Burgtürme, die daneben aufragten. Das Gemäuer war schwarz wie die Nacht und in den Fenstern glommen gespenstische grüne Lichter. Die Turmzinnen hatten die Form von riesigen, spitzen Vampirzähnen. Sie glänzten weiß wie Schnee im Sonnenlicht. Kaskaden von Blut liefen an ihnen herab.

»Vielversprechend«, stellte Kim fest. »Das sieht nachts und im Mondschein bestimmt richtig krass aus.«

»Garantiert!«, stimmte ihr Franzi begeistert zu.

»Mir reicht der Anblick auch so«, antwortete Marie leise. Sie biss sich auf die Lippe. Es sah wirklich sehr schaurig aus, wie das Blut von den Türmen herunterpladderte.

»Es ist doch nur künstlich«, beruhigte sie Kim, die Maries Unbehagen bemerkt hatte.

»Klar«, murmelte Marie. »Weiß ich doch.«
Die Detektivinnen drängten sich weiter durch die Menschenmenge. Wenige Minuten später hatten sie die Geisterbahn erreicht.
»Wahnsinn!«, rief Franzi. Sie legte den Kopf in den Nacken und betrachtete das riesige Schloss, das sich vor ihnen erhob. Seine Fassade schien über Jahrhunderte verwittert. Spinnweben und Moosflechten bedeckten die Mauern. An mehreren Stellen sickerte Blut zwischen den Fugen hindurch und sammelte sich blubbernd in einem Burggraben. Eine gigantische behaarte Spinne seilte sich gerade von einem Turmdach ab und verfehlte um Haaresbreite eine Hexe mit grünem Gesicht, die auf ihrem Besen vorbeizischte.
Weitere schaurige Gestalten und Monster tummelten sich auf den Dächern und in den Erkern des alten Schlosses. Sie wurden von wiederkehrenden grellen Blitzen beleuchtet, die ein dumpfes Donnergrollen begleitete. Eine Geräuschkulisse aus gequälten Schreien, unheimlichem Fauchen und geisterhaftem Wispern machte den Horror perfekt.
Kim grinste. »Es wirkt alles so echt!« Sie ließ zwei Mädchen durch, die auf dem Weg zum Kassenhäuschen der Geisterbahn waren. »Wenn hier nicht so viele Leute wären, würde ich fast ein bisschen Angst kriegen.«
Marie nickte. Die Bemalungen der Fassade und die mechanischen Schauerfiguren waren so gut gemacht, dass man ihre Künstlichkeit erst auf den zweiten oder dritten Blick erkannte.
»Die sehen sogar aus der Nähe total echt aus«, sagte sie und

deutete zu einer Vampirfigur, die mit geschlossenen Augen hinter Kim an die Wand gelehnt war.
Kim drehte sich um. »Stimmt. Wie lebendig!«
Im nächsten Moment riss der Vampir Mund und Augen auf. »Ich bin aber tot!«, zischte er und machte einen Schritt nach vorne.
Kim suchte kreischend Schutz hinter Franzi und Marie. Marie fing vor Schreck ebenfalls an zu schreien und Franzi hob instinktiv die Fäuste.
»Schon gut!«, rief die Vampirgestalt sofort. »Alles nur Verkleidung, okay?«
Kim kicherte hysterisch. »Hilfe, haben Sie mich erschreckt!«
»Das ist ja auch mein Job!« Die Gestalt straffte die Schultern. »Ich hoffe, es war nicht zu schlimm?«
»Nein, nein. Alles in Ordnung.« Kim holte tief Luft. »Oh Mann. Ich hätte nicht gedacht, dass ich auf so was mal reinfalle.«
Der Vampir strahlte über das ganze Gesicht. »Hehe, das sagen sie alle.«
Er deutete eine Verbeugung an. »Habt noch einen schönen Tag! Besucht unsere Geisterbahn bald wieder!«
»Bitte, warten Sie einen Moment«, rief Marie. »Wir suchen Clarissa Schubart, können Sie uns sagen, wo sie ist?«
Der Vampir nickte. »Klar, sie ist heute als Geisterbraut unterwegs. Auf der Seite hinter dem Kassenhäuschen.«
Die drei !!! bedankten sich und liefen in die angegebene Richtung.

Hinter dem Kassenhäuschen stellte sich Marie auf die Zehenspitzen und reckte den Hals. In einiger Entfernung verkaufte ein Clown Luftballons. Er hatte sich je eine Traube der silbrig glänzenden Ballons an den Schultern festgebunden und tat so, als müsse er mächtig dagegen ankämpfen, nicht von ihnen in die Luft gezogen zu werden. Ein kleines Mädchen blieb stehen, sah dem Mann fasziniert zu und konnte gar nicht mehr aufhören zu lachen. Der Clown hielt dem Kind einen blau schillernden Ballon an einer langen Schnur hin. Die Mutter zückte bereitwillig das Portemonnaie und gab dem Mann Geld. Mit einem glücklichen Gesicht nahm das Mädchen den Ballon entgegen. Als der Verkäufer einen Schritt zur Seite trat, sah Marie hinter ihm eine Gestalt in einem langen weißen Kleid, die in einiger Entfernung durch die Menschenmenge schlenderte.
»Ich glaube, da ist Clarissa Schubart«, sagte Marie und lief los.
Es dauerte eine Weile, bis sie sich zwischen den vielen Menschen durchgeschlängelt hatten. Die Frau im Brautkleid stand mit dem Rücken zu ihnen. Ihr langer Schleier war über und über mit kleinen Schmucksteinen bestickt, die im Sonnenlicht wie kostbare Diamanten funkelten. »Das sieht aber schön aus!«, stellte Marie fest. Sie holte die Frau ein und sprach sie an. Die Braut drehte sich um.
Marie riss die Augen auf und schluckte.
So schön die Frau von hinten gewirkt hatte, so grässlich war sie von vorne anzusehen: Sie blickte Marie aus rot geäderten Augen an, ihre Gesichtsfarbe ging leicht ins Grünliche, die Lippen waren dunkelblau verfärbt. Verfilzte Haarsträhnen hingen ihr

in die Stirn und verdeckten nur knapp eine furchtbare blutige Wunde. Sie sah Finns Stirnverletzung sehr ähnlich.

»Was gibt's denn?«, fragte die Geisterbraut und lächelte. Dabei entblößte sie zwei schwarze, faulige Zähne.

»Sie sind Clarissa Schubart, richtig?«, fragte Marie.

»Ja!« Die Frau sah Marie erstaunt an. »Kennen wir uns?«

Marie räusperte sich. »Nein, nicht direkt. Ein Freund hat uns von Ihnen erzählt, Sami Voutilainen.«

»Ach ja, der nette finnische Junge!« Clarissa Schubart strich sich eine Haarsträhne aus dem Gesicht. »Und was kann ich für euch tun?«

»Sami hat uns gesagt, dass in Ihren Wohnwagen eingebrochen wurde«, platzte Franzi heraus.

Clarissa Schubart nickte langsam. »Das stimmt. Zum Glück ist nichts gestohlen worden. Allerdings wurde alles durchwühlt und etwas Geschirr ist auch zu Bruch gegangen.« Sie seufzte. »Ich verstehe das nicht. Wer macht so etwas?«

»Haben Sie denn schon die Polizei verständigt?«, wollte Kim wissen.

»Nein«, sagte die Frau leise. »Das bringt doch sowieso nichts. Es gab letzte Woche schon mal einen Einbruch in den Wohnwagen meiner Eltern. Da hat so ein junger Polizist gesagt, dass wir uns bei den schlechten Schlössern nicht zu wundern brauchen.« Clarissa Schubart schnaubte verärgert. »Er hat sogar gefragt, ob wir vielleicht Streit mit anderen Schaustellern haben.« Sie zuckte mit den Schultern. »Das volle Programm an Vorurteilen gegen uns fahrendes Volk eben.«

Die drei !!! sahen sich kurz an. Kim nickte unmerklich. Daraufhin zog Marie das silberne Etui mit den Visitenkarten ihres Detektivclubs aus ihrem Matchbeutel. »Wir würden Ihnen sehr gerne helfen!«
»Wir betreiben nämlich ein erfolgreiches Detektivunternehmen«, ergänzte Kim. »Unsere Erfolgsquote beträgt hundert Prozent!«
Marie überreichte Clarissa Schubart eine der Visitenkarten. Die Frau sah erstaunt auf die Karte, dann zu den drei Mädchen und wieder auf die Karte.

»Das ist ja der Hammer«, murmelte Clarissa Schubart schließlich. Sie sah die drei!!! aus großen Augen an. »Und ihr wollt euch wirklich um diese Sache kümmern?«
»Selbstverständlich!«, sagte Kim mit fester Stimme. »Am besten, Sie zeigen uns jetzt gleich den Wohnwagen.«
»Mein Dienst geht noch bis 16:00 Uhr«, sagte Clarissa Schubart. »Aber danach habe ich zwei Stunden Pause. Hättet ihr dann auch noch Zeit?«

»Das müsste klappen«, sagte Marie. Sie sah Kim und Franzi an. »Oder?«
Ihre Freundinnen nickten. »Kein Problem!«, sagte Kim.

Die Geister – sie leben!

»Wunderbar, vielen Dank!«, rief Clarissa Schubart. »Dann treffen wir uns am besten in einer Stunde wieder hier. Der Wohnwagenplatz ist gleich in der Nähe.« Sie raffte ihr Kleid, winkte und schlenderte wieder los.

Belustigt stellte Marie fest, dass die meisten Kirmesbesucher einen gehörigen Sicherheitsabstand einhielten, sobald sie der Geisterbraut ins Gesicht gesehen hatten. Clarissa Schubart schritt hocherhobenen Hauptes durch die zurückweichende Menschenmenge.

»Seht mal«, sagte Franzi und zeigte auf das Kassenhäuschen der Geisterbahn. »Da stehen gerade nur ein paar Leute in der Schlange. Sollen wir eine Runde fahren?«

»Au ja«, sagte Marie. Sie suchte nach den Gutscheinen in ihrer Tasche.

Kim machte ein enttäuschtes Gesicht. »Wollen wir uns nicht lieber ein paar Waffeln holen?«

Franzi grinste. »Komm schon, so schnell wie jetzt kommen wir später bestimmt nicht mehr in die Geisterbahn rein.«

Marie nickte und wedelte mit den Gutschein-Kärtchen. »Franzi hat recht. Und nachher gebe ich eine Runde Waffeln aus, versprochen!«

»Na gut.« Seufzend ließ Kim sich von Marie und Franzi mitziehen.

Die Schlange am Kassenhäuschen war immer noch recht kurz. Die drei !!! stellten sich an. Kim sah interessiert auf eine Stellwand, auf der dicht an dicht Fotos ausgestellt waren. »Würdet ihr ein Bild kaufen, auf dem ihr mit schrecklich verzerrtem Gesicht in die Kamera starrt?«, fragte sie.

Franzi zog die Augenbrauen hoch. »Wie meinst du das?«

Kim deutete auf die Fotos. »Die haben ein Aufnahmegerät in der Geisterbahn, das Bilder macht, wenn man mit der Gondel vorbeifährt. Man kann sie anschließend für drei Euro kaufen.«

Franzi trat an die Stellwand heran und fing an zu lachen.

»Die sehen ja alle selber aus wie Gruselgestalten in einer Geisterbahn!« Plötzlich kniff sie die Augen zusammen. »Das ist ja interessant.«

»Was?« Marie sah Franzi über die Schulter.

»Hier.« Franzi tippte auf ein Bild in der Mitte. »Das ist doch Lina, oder?« Sie grinste. »Okay, ich habe sie noch nie mit weit aufgerissenem Mund und Horror in den Augen gesehen. Aber der Rest würde passen: lange rotblonde Haare, rundes Gesicht, Stupsnase. Und der Pulli mit den Rosen drauf kommt mir auch bekannt vor.«

Marie sah genauer hin. »Das ist wirklich Lina! Und sie hat mein neues Shirt von *Catarina Cazziano* an. Frechheit!«

Eigentlich verstand sich Marie mit ihrer zwölfjährigen Stiefschwester Lina mittlerweile ziemlich gut. Seit sie alle zusammen in der großen Villa wohnten und viel Platz hatten, kam es kaum noch zu Streitereien. Allerdings hatte Marie den Verdacht, dass sich Lina heimlich Kleidungsstücke aus ihrem gut sortierten Schrank auslieh. Leider hatte sie ihr das bislang noch nicht nachweisen können.

»Dann hast du ja jetzt ein Beweisfoto, mit dem du sie überführen kannst.« Franzi lachte.

»Ganz genau.« Marie nahm das Bild von der Wand. »Das ist mir drei Euro wert!« Plötzlich stutzte sie. Ein Teil des Fotos war von dem danebenhängenden verdeckt gewesen. Jetzt erst sah Marie, dass außer Lina noch eine weitere Person abgebildet war. Es war ein zwölf- oder dreizehnjähriger Junge mit schmalem Gesicht und dunklem, glattem Haar, das ihm bis auf die Schultern ging. Er hatte sich eng an Lina geschmiegt und seinen Arm um sie gelegt.

»Das ist ja interessant«, murmelte Marie.

Kim sah neugierig auf das Foto. »Hat Lina einen Freund?«

»Sie hat nichts erzählt.«

Franzi legte ihre Hand auf Maries Arm. »Du wirst es herausfinden, da bin ich mir sicher!«

»Darauf kannst du wetten!«, antwortete Marie und trat ans Kassenhäuschen heran. Sie bezahlte das Foto bei der netten älteren Dame, die hinter der Glasscheibe saß, und reichte die drei Gutscheine hinein.

»Angenehmen Gruselspaß wünsche ich euch!«, sagte die Frau

und gab Marie drei Plastikmünzen. »Bitte wartet da drüben vor der Pforte. Es geht gleich los.« Sie zeigte auf ein breites, geschlossenes Tor in der Fassade, das links und rechts von zwei eindrucksvollen Drachenskulpturen bewacht wurde. Sie reckten die Köpfe in den Himmel und aus ihren Nüstern kamen kleine blaue Flammen heraus.

Ungefähr ein Dutzend Menschen wartete vor dem Portal. Die drei !!! stellten sich dazu. Marie steckte das Foto ins Außenfach ihres Matchbeutels. Zufrieden klopfte sie darauf.

In dem Moment öffnete sich das Tor und es erschien ein leichenblasser Mann in einem schwarzen Frack. Er lüftete mit grimmigem Blick seinen Zylinder und verbeugte sich. Dann bedeutete er einem jungen Pärchen, das ganz vorne stand, seine Münzen in den Hut zu werfen. Der junge Mann und die junge Frau taten, was er von ihnen verlangte, und wurden eingelassen. Marie reckte neugierig den Hals. Aber leider war der Raum hinter dem Schlosstor von ihrer Position aus nicht zu sehen. Ungeduldig wartete sie, bis auch sie ihre Münze endlich dem gruseligen Diener überlassen durfte.

»Die Geister danken!«, brummte der bleiche Mann, als es so weit war und Maries Münze im Zylinder verschwand. Schnell schlüpfte sie hinter Franzi und Kim in den schummrigen Raum hinein.

»Oh«, flüsterte Kim. »Das hatte ich nicht erwartet.«

Auch Marie sah sich irritiert um. Sie konnte nirgendwo die kleinen Wagen erkennen, in die man sonst immer einstieg und in denen man durch die Geisterbahn gefahren wurde. Vielmehr befanden sie sich in einem Raum, der wie der Speisesaal eines alten Schlosses gestaltet war. Ölgemälde mit grimmig dreinblickenden Personen zierten die Wände, ein dicker Teppich dämpfte die Schritte und ein großer Kronleuchter hing von der Decke. Sein flackerndes Licht zeichnete gespenstische Schatten auf einen langen Tisch, der darunter stand. Um ihn herum waren acht Stühle mit hohen Lehnen gestellt. Darauf waren düstere Wachsfiguren platziert. Sie schienen mitten in der Bewegung eingefroren zu sein. Ein bleiches Skelett schenkte einer aufgedunsenen Wasserleiche ein Glas Wein ein, ein kopfloser Mann lehnte sich an seine Sitznachbarin, deren riesige Augäpfel aus dem Gesicht zu ploppen drohten, ein Henkersknecht schwang bedrohlich sein Beil, und eine hübsche, blasse Frau lächelte strahlend, wobei zwei scharfe Fangzähne in ihrem Mund aufblitzten. Franzi stieß Marie an. »Wo sind wir denn hier gelandet?«

Bevor Marie etwas sagen konnte, erhob der Gruseldiener die Stimme. »Herzlich willkommen im *Gespensterschloss*!«

Schlagartig verstummte das Gewisper der Gäste, die offensichtlich alle etwas erstaunt waren. Der Diener nickte majestätisch. »Unsere Totenkopf-Gondeln stehen schon im Verlies nebenan bereit. Bevor Sie aber die schaurige Fahrt durch das Schloss antreten, möchte ich Ihnen die Geister derer vorstellen, die dieses Gemäuer bewohnt haben. Sie sind hier durch die verschiedensten Unglücksfälle oder Verbrechen zu Tode gekommen.«

»Genial«, flüsterte Kim. »Durch diese Einführung kommt

einem nachher in der Geisterbahn bestimmt alles noch viel echter vor!«

Der Gruseldiener warf Kim einen strengen Blick zu, dann setzte er seine Erzählung fort. Die drei !!! und die anderen Gäste lauschten gebannt.

Marie ließ den Blick schweifen. Und plötzlich nahm sie aus dem Augenwinkel eine Bewegung an der Festtafel wahr: Etwas glänzend Weißes rollte über den Tisch und blieb neben einer Schale mit Obst liegen. Marie sah genauer hin. Es war ein Augapfel! Die Dame neben dem kopflosen Mann hatte ihn verloren. In ihrem Gesicht prangte jetzt neben dem noch vorhandenen Auge eine schaurige dunkle Höhle.

»Oh nein!«, entfuhr es Marie. Im selben Moment krallte sich eine Hand an ihrem Oberarm fest. Sie stieß einen spitzen Schrei aus und riss sich los.

»Sorry!«, rief Kim. »Aber hast du gesehen, wie das Auge da rausgeploppt ist?!«

Marie atmete scharf aus. »Hab ich.«

Einige Leute fingen hysterisch an zu lachen. Der Gruseldiener verstummte und sah in die Runde. Sein Blick blieb an der Wand mit den Ölgemälden hängen. Die Gäste schauten nun ebenfalls alle zur Wand. Plötzlich fing eines der Bilder an zu wackeln. Ein Raunen ging durch die Gruppe.

»Die Geister«, sagte der Gruseldiener mit tiefer Stimme. »Sie leben!«

Das Bild schwang heftiger hin und her. Marie beobachtete amüsiert, wie sich eine junge Frau fester an ihren Partner schmiegte.

Plötzlich klirrte es an der Festtafel. Marie drehte sich schnell um. Ihr Herz begann zu rasen. Der kopflose Mann war aufgestanden! Er tastete mit den Händen in der Luft herum. Dabei stieß er den Henker an, der sofort sein Beil hob und dabei fürchterliche Grimassen zog.

»Genial!«, rief Kim. »Ich hätte es mir denken können. Die haben ein paar lebendige Erschrecker zwischen den Wachsfiguren platziert!«

Ein lautes Krachen ließ Marie erneut herumwirbeln. Eines der Ölgemälde war von der Wand gefallen und zu Boden gegangen. Mehrere Leute schrien auf.

»Wir verlassen diesen Ort jetzt besser«, sagte der Gruseldiener. Er betätigte einen Hebel an der Wand und eine verborgene Tür schwang auf. Im selben Moment knackte es laut, dann begann der Horror erst richtig: Die Gemälde wurden mit unsichtbarer Hand in rasender Folge von der Wand gerissen, die Lichter des Kronleuchters begannen, wild zu flackern. Es donnerte, knackte und wisperte von überallher. Dann erhoben sich auch noch zwei weitere Figuren von der Festtafel. Sie blickten sich im Raum um und begannen, langsam auf die Gäste zuzulaufen. Die Leute wichen kreischend zurück.

Marie spürte leichte Panik, gemischt mit einem angenehmen Kribbeln. Sie kicherte nervös und ließ sich mit den anderen von dem Gruseldiener aus dem Raum führen.

Die Tür schlug hinter ihnen zu.

Franzi zeigte Marie ihren Unterarm, auf dem sich eine feine Gänsehaut gebildet hatte. »Das war richtig unheimlich!«

»Und dabei waren wir gerade mal vier Minuten drin«, stellte Kim nach einem Blick auf ihre Armbanduhr fest. »Es kam mir ewig vor!«

»Ich bin schon gespannt, wie es weitergeht«, rief Franzi und lief schneller.

Sie folgten den anderen Gästen durch einen breiten, spärlich beleuchteten Gang. An seinem Ende waren bereits die Gondeln zu sehen. Sie waren in der Form von Totenköpfen gestaltet und aufwendig bemalt.

Wenige Sekunden später stiegen die drei !!! zusammen in einen der kleinen Wagen. Aus der Nähe zeigte sich noch deutlicher, mit wie viel Liebe zum Detail die Gondeln gestaltet waren: An den Fronten waren Bleche angebracht, auf denen die Zähne der Totenschädel aufgemalt waren. Sie klapperten bei der leisesten Bewegung Furcht einflößend. In den darübersitzenden schwarzen Augenhöhlen glommen grüne Lichter und die Sitze waren mit blutrotem Samt bezogen.

Die Waggons starteten nacheinander in kurzen Abständen. Sobald eine Gondel die Schwingtür durchfahren hatte und sie sich wieder geschlossen hatte, fuhr der nächste Wagen an. Marie wurde leicht in die Rückenlehne gepresst, als ihre Gondel losfuhr. Hinter der Schwingtür wurden sie von absoluter Dunkelheit empfangen. Geisterhaftes Heulen setzte ein und der Wagen raste ein ganzes Stück geradeaus, um dann abrupt nach rechts abzubiegen. Die Mädchen schrien. Im nächsten Moment flammten Blitze auf, sie beleuchteten einen Körper in einem weißen Nachthemd, der wenige Meter vor ihnen auf den Schienen lag. Marie kniff die Augen zusammen und bereitete sich auf einen Aufprall vor. Kurz bevor die Gondel den Körper erreicht hatte, richtete er sich auf. Marie blickte für einen Sekundenbruchteil in ein kalkweißes Gesicht mit leeren Augenhöhlen. Dann wurde die Figur wie von Geisterhand zur Seite gezogen. Die Gondel setzte ihre rasende Fahrt fort.

Kim lachte hysterisch. »Das war knapp!«

Marie spürte ihr Herz gegen ihre Rippen hämmern. Hinter der nächsten Kurve wurden sie plötzlich langsamer. Die Gondel zog an einer Reihe von Käfigen vorbei, in denen zottelige Monster und furchtbare Kreaturen winselten und jaulten. Sie rüttelten an den Gitterstäben und streckten ihre Klauen und Köpfe dazwischen heraus. Sie verfehlten die Gondel nur um Zentimeter. Unwillkürlich rückten die drei Detektivinnen enger zusammen. Der Wagen gewann wieder an Geschwindigkeit und sauste durch einen schwarzen Tunnel. Dieser endete in einer Grabkammer. Wieder wurde die Fahrt langsamer. Marie erkannte im schummrigen Licht einer Kerze mehrere Särge. Die Deckel waren geschlossen und mit Sargtüchern und Sträußen aus weißen Lilien dekoriert. Als die Gondel zwischen den Särgen durchfuhr, klappte der Deckel des einen plötzlich hoch und ein Vampir richtete sich auf. Franzi stieß einen spitzen Schrei aus und hüpfte Marie fast auf den Schoß.

Eine laute Stimme erschallte: »Ihr stört!« Dann schlug der Sargdeckel wieder über der Vampirfigur zu.

Franzi musste lachen. »Das ist echt gut gemacht!«, rief sie.

Kim und Marie nickten stumm.

Die Gondel raste weiter und sie erreichten den nächsten Raum, der wie ein Friedhof gestaltet war. Die leisen Rufe eines Käuzchens waren zu hören, eine Kirchturmuhr schlug. Im künstlichen Mondlicht erhoben sich die dunklen Silhouetten von Grabsteinen, Kreuzen und Engelsfiguren. Die Gondel zog langsam vorbei. Kim las eine der verwitterten Inschriften vor:
»Er hatte es eilig und ging bei Rot. Jetzt ist er tot.«
»Wie gemein!«, rief Marie, musste aber trotzdem lachen. Sie entzifferte die Schrift auf einem anderen Grabstein:
Hier ruht E. F., berühmte Seiltänzerin.
Ein Schritt daneben war das Ende von ihrem Leben.
»Haha.« Marie verdrehte die Augen. »Sehr witzig.« Sie behielt die Grabhügel genau im Blick und versuchte, sich auf den nächsten Schreck vorzubereiten: Wahrscheinlich würde gleich eine knochige Hand zwischen dem Grabschmuck hervorschnellen, eine bleiche Leiche auftauchen oder ein Untoter hinter einem Grabstein hervorspringen.
Die Gondel fuhr nah an einem hohen Grabhügel vorbei. Wimmergeräusche setzten ein und wurden lauter. Plötzlich teilte sich die Erde und ein Skelett schoss daraus hervor. Kim und Franzi schrien auf. Das Skelett wackelte mit dem Kopf, klapperte mit den Zähnen und verschwand wieder im Boden.
Franzi und Kim atmeten scharf aus. Marie lehnte sich ins Polster zurück und grinste in sich hinein. Ein bisschen vorhersehbar war der Spuk ja schon! Die Gondel beschleunigte wieder. Marie strich sich eine Haarsträhne hinters Ohr und sah gespannt nach vorne.

Wenige Sekunden später gab es einen Ruck und der Wagen blieb stehen. Gleichzeitig erloschen sämtliche Grablichter und das künstliche Mondlicht. Das Käuzchen verstummte.
Marie riss die Augen auf. Aber die Dunkelheit war undurchdringlich. Sie lag wie ein dicht gewebtes schwarzes Tuch vor ihr.

Das geheime Tor

Die Sekunden verstrichen. Nichts tat sich. Es herrschte vollkommene Finsternis und Stille.
Kim räusperte sich. »Cooler Effekt.«
»Ja«, sagte Franzi. »Damit hätte ich nicht gerechnet.«
»Einfach, aber wirkungsvoll«, murmelte Marie.
Franzi rutschte unruhig hin und her. »Geht das bald mal weiter?«
»Wartet es ab«, sagte Kim. »Wahrscheinlich springt uns gleich ein Werwolf an.«
Marie spürte, wie sich ihre Nackenhaare aufstellten. Sie zog den Kopf etwas ein und rückte näher an Kim heran.
»Ich höre was!«, sagte Franzi plötzlich. »Da ruft jemand.«
Marie spitzte die Ohren. Tatsächlich. Ein dumpfes Rufen drang von weiter vorne zu ihnen. Sie verstand nur einzelne Wortfetzen: »Was? ... mal weiter?«
»Das müssen die Leute in der Gondel vor uns sein«, vermutete Kim. »Ich glaube, hier stimmt was nicht!«
Marie schluckte. Jetzt drangen auch Stimmen aus dem Raum

hinter ihrer Gondel. Eine ängstliche Frauenstimme rief: »Hallo! Was ist los? Hört uns jemand?«
Marie rief zurück: »Wir sitzen auch fest!«
»Das gibt's doch nicht!«, erklang eine dumpfe Männerstimme. »Kommt da mal jemand?«
Marie tastete hektisch nach ihrem Smartphone und schaltete die Taschenlampe ein.
»He, pass doch auf!«, rief Kim. Marie hatte ihr direkt ins Gesicht geleuchtet.
»Sorry!« Marie senkte den Lichtstrahl und ließ ihn seitlich an der Gondel entlangwandern.
Kim und Franzi aktivierten ebenfalls ihre Taschenlampen. Das Licht erhellte das Umfeld der Gondel in einer Reichweite von fast einem Meter. Marie entspannte sich etwas.
»Wir sehen uns am besten mal um«, sagte Franzi und schwang ein Bein aus dem Wagen.
»Warte!« Kim hielt sie fest. »Das ist viel zu gefährlich!«
»Hast du Angst, dass der Werwolf kommt?«
»Quatsch!« Kim sog scharf die Luft ein. »Aber in den Schienen muss irgendwo die Stromleitung für die Gondeln liegen. Wenn du da drauftrittst, bist du in null Komma nichts ein Häufchen Asche.«
Franzi strich sich eine Haarsträhne aus dem Gesicht. »Ähm, oookay«, sagte sie gedehnt. »Aber der Strom scheint ja wohl ausgefallen zu sein.«
»Das ist nicht sicher. Wir bleiben in der Gondel«, sagte Kim bestimmt.

»Was machen wir dann?«, fragte Franzi. Sie zappelte auf ihrem Sitz herum.
»Ganz einfach. Wir warten«, murmelte Kim. »Die Leute von der Geisterbahn müssen das doch auch gemerkt haben. Bestimmt unternehmen sie gerade was.«
Wie auf Kommando erklang eine weibliche Stimme über einen Lautsprecher: »Liebe Gäste der Geisterbahn! Bitte entschuldigen Sie: Wir haben gerade einen Stromausfall. Bitte bleiben Sie einfach in den Gondeln sitzen. Unsere Techniker beheben den Schaden umgehend. In ein paar Minuten geht es weiter.«
Marie verdrehte die Augen. »Die haben Nerven!« Die Ansage wurde ein weiteres Mal wiederholt.
»Frechheit!«, rief eine Frau aus der Gondel vor ihnen. Plötzlich glommen schwache grüne Lichter am Boden und an der Decke auf.
»Immerhin: Die Notbeleuchtung geht«, stellte Kim fest.
»Ich glaube, da kommt jemand«, wisperte Franzi.
Marie drehte sich um und sah zwei Männer, die Taschenlampen in den Händen hielten. Sie liefen vorsichtig neben den Schienen entlang.
»Alles in Ordnung bei euch?«, rief der eine.
»Ja, alles klar«, rief Marie zurück.
Sekunden später hatten die Techniker die Gondel erreicht.
»Geht es euch gut?«, fragte der eine Mann sichtlich besorgt.
Die drei Detektivinnen nickten. »Wie gesagt, bei uns ist alles klar. Aber was ist denn passiert?«, fragte Kim.
»Wahrscheinlich ist es zu einem Kurzschluss in einem der

Strom führenden Schienenteile gekommen. Daraufhin hat sich die komplette Elektrik ausgeschaltet.«
»Okay«, sagte der andere Mann. »Ihr könnt jetzt aussteigen und wir begleiten euch zum nächstgelegenen Notausgang. Der Strom in den Schienen ist abgestellt, seid bitte trotzdem vorsichtig.«
Franzi kletterte als Erste aus der Gondel. »Das ist ja superspannend!«, rief sie.
Der Mann seufzte. »Es wäre schön, wenn alle Gäste das so sehen würden.«
Dies war natürlich nicht der Fall. Nachdem die drei!!! einige Minuten später die Geisterbahn über einen Notausgang auf der Rückseite des Gebäudes verlassen hatten, trafen sie auf eine aufgeregt diskutierende Gruppe von Leuten. Marie erkannte das junge Paar und eine Frau mit einem kleinen Jungen wieder, die vor ihnen gefahren waren. Der kleine Junge sah ängstlich aus und wischte sich verstohlen ein paar Tränen aus den Augen. Seine Mutter redete mit hochrotem Gesicht auf einen grauhaarigen, älteren Mann ein, der immer wieder beschwichtigend die Hände hob. Die ältere Dame aus dem Kassenhäuschen stand bei dem Pärchen und reichte ihnen gerade einen Stapel Gutscheine. Mehrere Geisterbahnerschrecker kümmerten sich um die anderen aufgebrachten Gäste. Der Vampir, der Kim vorhin erschreckt hatte, verteilte Bonbons und ein als Folterknecht verkleideter Mann schenkte Wasser aus.
»Seid ihr etwa auch da drin gewesen?«, rief plötzlich eine aufgeregte Stimme hinter Marie. Sie sah sich um. Clarissa

Schubart kam mit wehendem Schleier auf die drei !!! zugelaufen.
Franzi nickte. »Sind wir!«
Clarissa machte ein betroffenes Gesicht. »Habt ihr euch sehr gefürchtet?«
Kim winkte ab. »Alles halb so schlimm.« Sie sah ihre Freundinnen an, die beide nickten. »Aber uns würde natürlich interessieren, wie es zu diesem Zwischenfall gekommen ist.«
Clarissa Schubart seufzte. »Das möchten wir auch gern wissen. Mein Vater lässt die Anlage und die Gondeln gerade überprüfen.« Sie deutete zu dem grauhaarigen Mann, der immer noch bei der Frau mit dem kleinen Jungen stand. »Er ist völlig durch den Wind. So etwas ist noch nie passiert!«
»Gehört die Bahn denn Ihrem Vater?«, fragte Kim.
Die junge Frau nickte. »Ihm und meiner Mutter. Sie haben das Fahrgeschäft vor fünf Jahren von meinem Opa Eckhart übernommen. Es ist seit Jahrzehnten in Familienbesitz. Wir arbeiten alle hier.« Clarissa Schubart deutete zu dem Erschrecker im Folterknecht-Kostüm. »Das ist übrigens mein Bruder Kai.«
Im nächsten Moment kam die ältere Dame, die sie vom Kassenhäuschen kannten, zu ihnen herüber. »Liebes, ist alles in Ordnung hier?«, rief sie und fasste Clarissa Schubart sanft am Arm.
Die junge Frau nickte. »Ja, Mama. Ich glaube schon.«
Die ältere Dame lächelte die drei!!! entschuldigend an. »Es tut mir wirklich leid, was passiert ist, Mädchen!«
Franzi winkte ab. »Machen Sie sich keine Sorgen um uns!«

Kim räusperte sich. »Haben Sie schon Informationen, wie es zu dem Stromausfall gekommen ist?«
Die Frau schüttelte den Kopf. »Die Techniker haben Alfons, meinen Mann, gerade angerufen. Sie haben einen Defekt an einer der Gondeln gefunden. Ein Teil muss sich verschoben haben und hat sich in den Schienen verkantet. Daraufhin wurde der Strom sofort unterbrochen.«
»Aber der TÜV hat doch gestern erst alles geprüft und abgenommen!«, rief Clarissa.
»Das ist richtig«, antwortete ihre Mutter. Sie zuckte resigniert mit den Schultern.
»Ich kann das einfach nicht glauben«, sagte Clarissa. »Lass uns die Gondel ansehen.«
Ihre Mutter nickte. »Die Techniker haben sie in den Nebentrakt gezogen.«
Die drei !!! folgten den beiden Frauen, die zur Seite der Geisterbahn liefen. Dort gelangten sie durch ein breites Schiebetor in eine kleine Halle.
Vier Männer in Arbeitskleidung standen in der Nähe der Gondel und diskutierten. Als sie Clarissa und Adelheid Schubart bemerkten, unterbrachen sie sofort ihr Gespräch. Einer der Männer winkte und kam ihnen entgegen. »Es ist dieser Wagen hier gewesen. Die Front hatte sich an einer Seite gelöst. Wir haben sie jetzt komplett abmontiert und werden sie nachher wieder einpassen. Aber wir können nicht sicher sein, dass es nicht weitere Mängel an den anderen Gondeln gibt. Wir suchen noch. Bis dahin muss die Bahn geschlossen bleiben.«

Adelheid Schubart zog ihr Handy hervor. »Ausgerechnet am Eröffnungstag muss so etwas passieren! Ich sage Alfons Bescheid.«
Während sie mit ihrem Mann telefonierte, sahen sich die drei Detektivinnen die Gondel genau an. Sie wirkte ohne das Frontteil noch gespenstischer als vorher: Dem Totenkopf fehlte jetzt der Unterkiefer. Stattdessen waren die Räder und andere mechanische Teile zu sehen, deren glänzende Ölschicht schwarzem Blut glich.
Kim ließ ihren Blick über die Innenpolsterung wandern und sah in die offen liegende Front hinein. »Man kann keine offensichtlichen Beschädigungen erkennen.«
Clarissa Schubart seufzte. »Ich sehe auch nichts. Aber wir sind ja auch keine Fachleute.«
Franzi bückte sich und betrachtete die Bleche mit den aufgemalten Zähnen. Plötzlich ging sie in die Knie und sah konzentriert auf eine bestimmte Stelle. »Da ist eine Beule drin«, stellte sie schließlich fest.
Kim kniete sich neben Franzi und sah sich die Stelle genau an. »Du hast recht. Sie hat eine eigenartige Form. Das sieht fast so aus …«
»Als hätte jemand dagegengetreten«, ergänzte Franzi Kims Satz. »Das könnte der Abdruck eines Schuhabsatzes sein!«
Kim nickte. Sie zog ihr Smartphone aus der Tasche und machte mehrere Fotos. Dann untersuchte sie die Bleche weiter.
»Sonst ist nichts Auffälliges zu erkennen«, stellte sie nach einer Weile fest.

Clarissa Schubart sah Kim an. »Meinst du, jemand hat gegen die Gondel getreten, sodass die Front heruntergefallen ist?«
Kim zuckte mit den Schultern. »Das könnte sein.«
»Aber wer macht so etwas? In der Geisterbahn? Bei voller Fahrt?!« Clarissa Schubart sah die drei !!! ungläubig an.
»Was genau passiert ist, kann man zum jetzigen Zeitpunkt nicht sagen«, stellte Kim fest. Sie steckte ihr Handy ein.
Einer der Mechaniker kam auf sie zu. »Ich weiß nicht, was ihr da macht, aber lasst bitte die Finger von der Gondel!«
Clarissa hob beschwichtigend die Hände. »Das ist schon in Ordnung! Ich kenne die Mädchen.«
Der Mann sah Clarissa skeptisch an. »Wie auch immer, wir müssen da jetzt noch mal ran. Macht ihr bitte Platz?«
Die drei !!! nickten Clarissa zu. »Mehr können wir momentan hier auch nicht machen«, sagte Kim.
»Wir müssen uns in der Geisterbahn umsehen«, sagte Franzi leise. »Wir sollten die gesamten Schienen abgehen und …«
»Auf keinen Fall!«, unterbrach Clarissa sie. »Es tut mir wirklich leid. Ich will unbedingt, dass die Sache hier aufgeklärt wird. Aber ich kann euch da nicht reingehen lassen! Überlassen wir das den Technikern.«
Die Detektivinnen sahen sich enttäuscht an.
»Wollt ihr euch jetzt vielleicht meinen Wohnwagen ansehen?«, fragte Clarissa. »Deswegen seid ihr doch eigentlich gekommen.«
Marie tauschte einen kurzen Blick mit Franzi und Kim. Dann nickte sie Clarissa zu. »Stimmt. Dann mal los!«

»Prima, vielen Dank!«, sagte Clarissa. »Kommt.«
»Um die Geisterbahn kümmern wir uns später noch!«, raunte Franzi Marie zu, während sie Clarissa folgten.
»Genau«, flüsterte Marie.
Clarissa Schubart verabschiedete sich von ihrer Mutter, die versprach, sich bei ihr zu melden, falls es Neuigkeiten geben sollte. Die junge Frau nahm ihren Schleier ab, rollte ihn vorsichtig zusammen und klemmte ihn sich unter den Arm. Dann lief sie auf einen hohen Bretterzaun hinter der Geisterbahn zu. Verwundert folgten ihr die drei !!!.
Auf halbem Weg kam ihnen ein Mann in Jeans, Cowboystiefeln und schwarz-weiß kariertem Hemd entgegen. »Was ist passiert?«, rief er Clarissa zu.
Die junge Frau verdrehte die Augen. »Onkel Tom? Was machst du denn hier?!«
»Ich habe gehört, dass etwas in der Geisterbahn schiefgelaufen ist. Ich hab mir Sorgen gemacht.«
»Brauchst du nicht«, antwortete Clarissa kurz angebunden. »Die Techniker kümmern sich schon um alles.«
Der Mann hob die Hände. »Ist ja schon gut.« Er machte auf dem Absatz kehrt.
Als Clarissa die fragenden Blicke der Mädchen bemerkte, sagte sie: »Das ist mein Onkel Tom, der Bruder meines Vaters. Er betreibt eine Wurfbude hier auf der Kirmes.«
»Ich dachte, alle aus Ihrer Familie arbeiten auf der Geisterbahn?«, fragte Kim.
Clarissa Schubart seufzte. »Ja, schon.« Sie lief ein kurzes Stück

am Zaun entlang und blieb dann stehen. »Außer Onkel Tom eben.«
Marie runzelte die Stirn. »Und warum?«
»Opa Eckhart hat ihn rausgeworfen und enterbt, weil er vor ein paar Jahren Geld aus der Kasse der Geisterbahn geklaut hat.« Clarissa Schubart griff durch ein Astloch in einem Zaunbrett. »Seitdem führt mein Vater die Geisterbahn mit meiner Mutter zusammen. Onkel Tom hat als Pflichtteil die Wurfbude bekommen. Und jetzt macht jeder sein eigenes Ding.«
Die junge Frau stemmte sich leicht gegen die Latten und ein Teil des Zauns schwang knarrend auf.
»Eine versteckte Tür!«, rief Kim überrascht aus.
Clarissa Schubart lächelte. »Fast wie das geheime Tor bei den drei ???, das zum Schrottplatz führt, oder?«
Die drei !!! nickten beeindruckt und schlüpften durch den schmalen Zugang.
»Es gibt einige solcher Türen«, erklärte Clarissa. »Das ist sehr praktisch: Wir kommen schnell zu unseren Wohnwagen und trotzdem kann nicht jeder gleich sehen, dass man so ohne Weiteres auf den Stellplatz gelangen kann.« Sie schloss die Tür und schob den Riegel vor. »Früher hatten wir keinen Zaun. Aber da sind immer wieder Besucher vom Rummelplatz auf unser privates Gelände gekommen. Das hat uns einfach gestört.«
Mit offenem Mund bestaunte Marie das Bild, das sich ihnen bot: Dicht an dicht standen gut drei Dutzend Wohnwagen und Campinganhänger auf einem gekiesten Platz. Von der

amerikanischen Luxusvariante über einfache Wohnmobile bis hin zu antiken Wagen aus Holz war alles vertreten. Die meisten waren mit Blumenkästen an den Fenstern oder Pflanzkübeln neben dem Eingang geschmückt. Wo es noch etwas Platz zwischen den Wagen gab, waren Tische und Campingstühle zu gemütlichen Sitzecken zusammengestellt.

»Das sieht aber schön aus!«, rief Kim.

Clarissa Schubart lächelte. »Wir Schausteller sind fast dreihundert Tage im Jahr auf Achse. Da möchte man es auch unterwegs bequem haben.«

Während sie sich zwischen den Wagen durchschlängelten, fuhr Clarissa fort: »Manche Leute fragen uns tatsächlich, ob wir ein Plumpsklo auf dem Platz haben oder ob wir uns im Schwimmbad duschen.« Sie lachte. »Die haben ja keine Ahnung! Ein Bad mit Toilette und Wanne ist natürlich Standard in jedem Wagen. In einigen gibt es sogar eine Sauna.«

Franzi deutete auf einen besonders breiten und langen Wohnwagen und grinste. »Und hier ist wohl ein Swimmingpool mit 15-Meter-Bahn drin?«

»Wer weiß!?« Clarissa Schubart seufzte. »Manche übertreiben schon ein bisschen. Die Wagen werden immer größer und der Platz reicht nicht mehr aus. Dieses Jahr mussten wir zum ersten Mal einige Camper auf einem Ausweich-Areal abstellen, hinter dem Bahnhof. Ganz schön blöd: Da donnern die ganze Nacht die Güterzüge vorbei. Außerdem läuft man eine ganze Weile bis zur Kirmes.«

Kurze Zeit später hatten sie den Wagen von Clarissa Schubart erreicht. Es war ein älteres, aber sehr gepflegtes Modell, das in einem warmen Cremeweiß in der Sonne strahlte. Unter einem bunt gestreiften Vordach standen vier Stühle um ein Bistrotischchen. Der gemütliche Eindruck wurde jedoch von langen, hässlichen Kratzspuren an der Tür des Wohnwagens getrübt. Das Schloss war mit roher Gewalt herausgebrochen worden. Eine Kette mit einem Vorhängeschloss sicherte die Tür jetzt notdürftig.

»Da war jemand aber nicht gerade zimperlich«, sagte Marie.

Clarissa nickte. »Das kannst du laut sagen. Ich bin nur froh, dass nichts gestohlen wurde.«

»Sind Sie sicher?«, wollte Kim wissen. Sie holte ihr Detektivtagebuch für unterwegs aus ihrem Rucksack.

»Unsere Kasse mit dem Haushaltsgeld ist jedenfalls noch da und auch das bisschen Schmuck, das Tami und ich besitzen.«

»Wer ist denn Tami?«, fragte Marie erstaunt. »Ich dachte, Sie wohnen alleine hier?«

»Nein«, antwortete Clarissa Schubart. »Tami ist die Freundin meines Bruders. Sie reist seit einem Jahr mit uns. Die beiden wohnen ebenfalls hier.«

»Okay.« Kim machte sich eine Notiz ins Buch. »Dann gehen wir jetzt am besten mal rein und sehen uns um.«

Clarissa öffnete das Vorhängeschloss und zog die Tür auf.

»Erschreckt nicht«, warnte sie die drei Mädchen. »Es sieht noch ziemlich wüst aus. Wir wollen später am Abend alles in Ruhe wieder einräumen.«

Die drei !!! folgten der jungen Frau in den geräumigen Wagen.

Eine offene Wohnküche mit hellen Möbeln empfing sie. Sie war mit einem großen Kochfeld, Kühlschrank, Spülmaschine und Waschbecken ausgestattet. Ein Tisch lag umgestürzt in der Mitte, daneben mehrere Stühle und eine Bank. Überall war zerbrochenes Geschirr auf dem Boden verteilt. Vorräte waren aus den Schränken herausgerissen worden und der Inhalt einer aufgeplatzten Mehltüte hatte sich als weißer Staubschleier über alles gelegt.

»Was für eine Schweinerei!«, rief Franzi. »Hier hat sich jemand aber so richtig ausgetobt!«

»Die anderen drei Zimmer und das Bad sehen genauso schlimm aus«, murmelte Clarissa. Tränen glitzerten in ihren Augenwinkeln.

»Wir werden alles daransetzen, denjenigen zu erwischen, der das angerichtet hat!«, versuchte Marie Clarissa Schubart zu trösten. Sie betrachtete kopfschüttelnd den Boden vor dem Kühlschrank, auf dem sich eine große Milchpfütze befand.

Dann kniff sie die Augen zusammen. Am Rand der Pfütze lag etwas. Marie stieg vorsichtig über einen umgestürzten Stuhl und ging näher heran. Jetzt erkannte sie, dass es sich bei dem kleinen Gegenstand um einen Knopf handelte. Er war mit dunkelblauem Leder bezogen.

»Frau Schubart?«, sagte Marie. »Gehört dieser Knopf Ihnen oder einem Ihrer Mitbewohner?«

Clarissa Schubart lief zu Marie und beugte sich über die Pfütze.

»Spontan würde ich sagen: nein. Ich kann mich an kein Kleidungsstück erinnern, an dem solche Knöpfe wären.« Sie

stemmte die Hände in die Seiten. »Ganz sicher bin ich aber natürlich nicht.«
»Bitte prüfen Sie nachher gleich, ob an einem Kleidungsstück ein Knopf fehlt«, bat Kim. Sie pickte das Fundstück mit einer Pinzette auf, ließ es kurz abtropfen und steckte es in eine Plastiktüte. »Womöglich gehört der Knopf dem Täter und wir …«
Kim sprach nicht weiter. Laute Stimmen drangen von draußen zu ihnen herein.
»Lass mich endlich in Ruhe!«, rief eine Frau schrill.
»Tami, bitte!«, antwortete eine Jungenstimme.
Sie hörten schnelle Schritte, dann stürzte eine junge Frau mit langen roten Haaren in den Wohnwagen. Marie schätzte sie auf ungefähr achtzehn oder neunzehn Jahre. Sie blieb wie angewurzelt stehen, als sie die drei !!! sah. »Was ist denn hier los?«, wollte sie atemlos wissen. »Wer seid ihr?«
Clarissa winkte ihr sofort beruhigend zu. »Das sind Kim, Franzi und Marie. Sie sind Detektivinnen und wollen uns helfen, den oder die Einbrecher zu finden!«
Das Mädchen machte zunächst ein erstauntes Gesicht, fing dann aber an zu lächeln. »Das ist ja nett! Die Polizei ist letzte Woche nicht gerade sehr hilfreich gewesen.«
Sie gab den drei !!! die Hand und stellte sich vor: »Ich bin Tami und lebe hier mit meinem Freund und seiner Schwester zusammen.«
Marie nickte. »Clarissa hat uns schon von dir erzählt.« Sie sah das Mädchen aufmerksam an. »Was war das eben denn für ein Streit?«

»Ach.« Tami machte eine wegwerfende Handbewegung. »Das war bloß mein kleiner Bruder. Clemens wollte schon wieder, dass ich nach Hause komme.«
»Der Junge macht sich eben Sorgen«, sagte Clarissa vorsichtig. »Deine Familie vermisst dich. Ist doch auch verständlich, oder?«
»Die müssen akzeptieren, dass ich mein eigenes Leben führe«, antwortete Tami trotzig. »Und ich habe mich nun mal für die Schaustellerei entschieden. Der Erschrecker-Job ist super!«
»Wir sind auch sehr froh, dass du bei uns bist«, sagte Clarissa. »Aber ich denke, dass du dich mit deinen Eltern mal aussprechen solltest.«
Tami zuckte mit den Schultern. »Vielleicht hast du recht, ich weiß nicht ...«
Marie räusperte sich. »Entschuldigung, aber wäre es in Ordnung, wenn Kim, Franzi und ich uns hier noch etwas umsehen und Fotos machen? Außerdem müssten wir noch Fingerabdrücke an den Schränken, Schubladen und an der Tür sichern.«
Clarissa nickte. »Natürlich. Macht bitte alles, was nötig ist!«
»Gut, danke!« Marie nickte ihren Kolleginnen zu. Kim und Franzi schnappten sich je ein Fingerabdruckset und machten sich an die Arbeit. Marie fotografierte in der Zwischenzeit sämtliche Räume und hielt konzentriert die Augen offen.
Nach einer Weile hörte sie einen aufgeregten Ruf von der Eingangstür her. Dort stand Kim stocksteif mit dem Set in der Hand und starrte auf eine Stelle auf dem äußeren Türblatt, das sie großflächig mit Grafitpulver betupft hatte.

»Seht mal, was ich gefunden habe!«, sagte sie mit belegter Stimme.

Neugierig liefen Marie und Franzi zur Tür.

Blut!

Detektivtagebuch von Kim Jülich
Samstag, 21:30 Uhr

Wir haben gleich zwei neue Fälle!!! Vielleicht hängen sie miteinander zusammen, das wissen wir aber noch nicht. Jedenfalls haben sich beide Taten im Umfeld der Geisterbahn Gespensterschloss auf der Herbstkirmes abgespielt:

1. Am Freitagmorgen wurde zwischen 7:30 und 8:45 Uhr in einen Camper eingebrochen, der von den Geisterbahn-Schaustellern Clarissa und Kai Schubart und Tamara Lindner bewohnt wird. Es wurde nichts gestohlen, aber alles durchwühlt und verwüstet. Es handelt sich schon um den zweiten Einbruch bei Familie Schubart. Der Wohnwagen von Clarissas Eltern, Alfons und Adelheid Schubart, wurde vor zehn Tagen, als die Geisterbahn auf einer anderen Kirmes war, ebenfalls aufgebrochen und durchwühlt. War das Zufall oder steckt mehr dahinter? Das müssen wir herausfinden!

Wir haben am Tatort einen abgerissenen Knopf entdeckt, der vom Täter oder von der Täterin stammen könnte. Außerdem gab es noch eine weitere, besonders spannende Spur: Ich habe einen Ohrabdruck außen auf der Tür vom Wohnwagen gefunden!! Garantiert stammt er vom Einbrecher, der gelauscht hat, um zu prüfen, ob jemand im

Wohnwagen ist. Der Abdruck ist leider ein bisschen verwischt und nicht ganz vollständig: Dort, wo das Ohrläppchen sein müsste, ist nichts zu sehen außer drei merkwürdigen Strichen. Vielleicht fehlt dem Täter ein Teil vom Ohr!? Dann wäre er ja sehr gut zu identifizieren.

2. Es gab einen Vorfall in der Geisterbahn, den wir live miterlebt haben: Die Gondeln sind stehen geblieben und die Fahrgäste waren für mehrere Minuten im Dunkeln gefangen! Zum Glück ist keine Panik ausgebrochen und niemandem ist etwas passiert. Alfons Schubart kam gestern noch bei Clarissa vorbei und bei dem Gespräch haben wir ein paar sehr interessante Dinge erfahren, denen wir unbedingt nachgehen müssen. Aber eins nach dem anderen. Schubarts machen sich natürlich Sorgen. So ein Vorfall in einem Fahrgeschäft spricht sich schnell herum. Es könnte sein, dass sich viele Leute nicht mehr trauen, mit der Geisterbahn zu fahren. Dann bricht der Umsatz ein.
Außerdem hat der technische Überwachungsdienst, den es auf jeder Kirmes gibt, umfangreiche Prüfungen angeordnet. Es gibt da so ein Punktesystem, mit dem jedes Fahrgeschäft bewertet wird. Die Punktzahl entscheidet darüber, ob das Geschäft im nächsten Jahr wieder auf der Kirmes mit dabei sein darf. Es gibt nämlich mittlerweile so viele Fahrgeschäfte, dass unter ihnen ausgewählt werden muss. Und weil in Schubarts Geisterbahn eine defekte Gondel einen Stromausfall ausgelöst hat, könnte das einen Punktabzug bei der Bewertung geben. Dann dürften sie womöglich nächstes Jahr nicht mehr beim Herbstrummel in unserer Stadt teilnehmen!
Der Hammer dabei ist: Wir nehmen an, dass jemand absichtlich den Schaden an der Gondel verursacht hat. Franzi hat nämlich eine Beule entdeckt, die von einem Fußtritt stammen könnte. Dieser könnte die Front so gelockert haben, dass sie auf die Schienen gefallen ist. Das wäre also Sabotage!
Und jetzt kommt der nächste Hammer: Marie ist aufgefallen, dass es auf der Kirmes noch eine zweite Geisterbahn gibt, die Geisterhütte. Das hatte ich gar nicht bemerkt. Dieses Fahrgeschäft steht am anderen Ende vom Kirmesplatz und ist etwas kleiner

als das Gespensterschloss. Marie hat Herrn Schubart gefragt, ob es sein könnte, dass die Betreiber der Geisterhütte das Gespensterschloss sabotiert haben, damit sie nächstes Jahr die einzige Geisterbahn auf der Kirmes sind. Aber Herr Schubart meinte, dass es keine Konkurrenz zwischen den Fahrgeschäften gäbe. Sie würden schon seit fast fünfzig Jahren zur gleichen Zeit auf den Rummelplätzen sein und sich gut ergänzen. Die beiden Familien sind auch miteinander befreundet. Kai Schubart war sogar mal mit der Tochter, Sandra Seifert, zusammen. Allerdings hat er sich von ihr getrennt, als er Tami kennengelernt hat. Es gab damals eine ungute Szene, aber jetzt ist alles wieder in Ordnung.
Marie, Franzi und ich sind uns da aber nicht so sicher!!! Könnte es sein, dass Sandra Seifert eifersüchtig ist? Will sie Kai und seiner Familie schaden? Indem sie die Geisterbahn sabotiert – und sie womöglich noch durch Einbrüche in ihre Wohnwagen verunsichert?
Oder ist alles doch ganz anders? Wir werden sehen!
Jedenfalls treffen Marie, Franzi und ich uns morgen um 11:00 Uhr auf der Kirmes, um die Geisterhütte und ihre Betreiber unter die Lupe zu nehmen. Dafür werden wir undercover vorgehen. Wir geben uns als Schülerinnen aus, die eine Reportage über das Leben von Schaustellern schreiben möchten und dafür Interviews machen.
Hoffentlich klappt das und wir kommen voran!!!

Geheimes Tagebuch von Kim Jülich
Samstag, 22:50 Uhr

Hallo, unbefugter Leser!!! Es gibt nicht nur das gelbäugige Zottelmonster mit den scharfen Zähnen, sondern viele andere gruselige Kreaturen, die das Blut derer fordern werden, die heimlich in Tagebüchern lesen ...
Spürst du ihren Atem schon in deinem Nacken?!

Ich könnte heulen! Ich weiß nicht, wie das passieren konnte, aber es ist passiert, und es ist alles schiefgelaufen. Es ist soooooooo unglaublich ärgerlich, blöd und peinlich. Meine Gedicht-Aktion heute im Schreibworkshop war ein totaler Reinfall. Und David, ein Junge aus dem Workshop, ist schuld!!

Na ja, eigentlich bin ich selber schuld. Ich hatte das Papier mit dem Haiku drauf ganz hinten in mein Schreibheft gelegt, damit ich es am Ende des Workshops rausholen und Sebastian zeigen kann. Leider ist mir das Blatt aber während des Workshops aus dem Heft gerutscht und unter den Tisch gesegelt. Ich habe mich schnell gebückt, um es aufzuheben, und im nächsten Moment habe ich plötzlich einen Riesenschlag an den Kopf gekriegt. Es hat richtig laut POCK gemacht. Ich habe erst mal nur lauter Sternchen gesehen. Als die sich verzogen hatten, habe ich gemerkt, dass David, der neben mir saß, sich die Stirn gehalten hat. Er hatte sich auch gebückt, um das Papier aufzuheben, und dabei sind wir mit den Köpfen voll zusammengerasselt! So was Bescheuertes! David hat das Papier dann auf den Tisch gelegt und sich bei mir entschuldigt.

Die anderen und Sebastian haben sich ziemlich erschreckt. Er hat uns sofort gefragt, ob uns schlecht wäre. Er hat sich Sorgen gemacht, dass wir eine Gehirnerschütterung haben könnten.

Dann ist er ganz aufgeregt in die Küche vom JUZ gelaufen, um Eisbeutel und eine Flasche Wasser zu holen. Das war so süß!! Allerdings hat er ziemlich lange gebraucht, um das Eis zu finden, und in der Zwischenzeit hat David das Gedicht angesehen und wollte wissen, ob es von mir ist. Ich hab natürlich gesagt, dass ich es irgendwann mal abgeschrieben habe und nicht mehr wüsste, von wem es ist.

Komisch, ich dachte, David interessiert sich nur für Fantasybücher und Brettspiele. Aber er kennt sich richtig gut mit Gedichten aus. Er hat sofort erkannt, dass das ein Haiku ist. Und er fand es vom Klang echt gut. Er hat allerdings auch gesagt, dass die Silbenzahl nicht stimmt und dass er sich nicht sicher ist, ob es überhaupt ein Haiku

ist, weil kein Naturthema behandelt wird. (Jaha, das wusste ich auch schon vorher, Mann!!!) Mir hat der Kopf ziemlich gebrummt und ich konnte gar nicht viel sagen. Als Sebastian mit den Eisbeuteln zurückgekommen ist, hat ihn David völlig begeistert angesprochen und gemeint, dass wir doch demnächst Gedichte schreiben und besprechen könnten. Ich hätte ihn auf die Idee gebracht. Und dann kam der Knüller: Sebastian fand die Idee super. Er hat sich mit David total interessiert unterhalten und überlegt, wie wir vorgehen sollen. Ich habe mich gar nicht mehr getraut, etwas zu sagen, und saß nur dumm mit meinem Eisbeutel auf dem Kopf herum. So ein Mist!!! Was soll ich denn nur machen? Der Schreibworkshop findet die nächsten zwei Male nicht statt, weil Sebastian auf Recherchereisen ist. Wie soll ich das bloß aushalten?! Ich wollte doch endlich wissen, ob er auch etwas für mich empfindet. Also mehr als nur Sympathie?! Immerhin hat er sich extra von mir (allerdings auch von David) verabschiedet und ganz lieb gesagt: »Und immer schön kühlen. Dann gibt es keine Beulen.«
Ich habe jetzt drei Wochen Zeit, um zu überlegen, was ich mache.
Vielleicht versuche ich einfach noch mal, über das Gedicht mit Sebastian ins Gespräch zu kommen. Ja, ich werde nicht aufgeben.
Aber für heute reicht es mir. Ich hoffe, dass ich Sebastian jetzt ganz weit nach hinten in meinem Kopf schieben kann und total locker werde. Dann wird mir die ultimative Lösung meines Liebesproblems schon einfallen.
Seufz. Hoffentlich.
Zum Glück sind wir in der nächsten Zeit mit den Ermittlungsarbeiten beschäftigt!!!
So, und jetzt muss ich wirklich ins Bett. Morgen Vormittag werden wir nämlich der Geisterhütte einen Besuch abstatten.

Marie zog fröstelnd ihren Wollschal enger um den Hals und rieb die Hände aneinander. Es war empfindlich kühl an diesem

Herbstvormittag. Am Himmel hingen dichte Wolken. Marie seufzte. Sie vermisste das Verwöhnprogramm, das sie sich normalerweise jeden Sonntagvormittag gönnte: zuerst ein wohlig warmes Bad in der Wanne mit viel duftendem Schaum, dann Ganzkörperpeeling, Haarkur und Maniküre. Anschließend in den weichen Bademantel kuscheln und bei der Musik der *Boyzzzz*, ihrer Lieblingsband, auf der Couch entspannen, bis ihr Vater und Tessa sie zum späten Frühstück riefen …
Franzis Stimme riss Marie aus ihren Gedanken: »Jetzt könnte Kim aber mal langsam kommen!«
Marie blinzelte und sah ihre Freundin verwirrt an.
Franzi hüpfte auf und ab und klopfte sich mit den Armen in die Seite. »Ich erfriere gleich!« Sie wies mit dem Kinn zur Rathausuhr. »Schon zehn nach elf. Wenn sie in fünf Minuten nicht da ist, rufe ich sie an!«
Marie nickte. Es war wirklich merkwürdig, dass Kim nicht auftauchte, sie war sonst immer so pünktlich.
»Da ist sie!«, rief Franzi plötzlich und winkte. »Na, endlich!« Kim radelte in rasantem Tempo auf dem schmalen Weg zwischen Theater und Stadthalle entlang. Das war wirklich nur an einem Sonntagvormittag möglich, an dem nur wenige Fußgänger in der Stadt unterwegs waren.
»Hi!«, rief Kim und bremste knapp vor Marie und Franzi ab. »Tut mir leid, dass ich zu spät bin.« Sie zog den Fahrradhelm ab und wuschelte sich durch die Haare.
Erschrocken stellte Marie fest, dass Kim eine kleine Beule auf der Stirn hatte. »Hattest du einen Unfall?«, fragte sie besorgt.

»Nein«, antwortete Kim erstaunt. »Wieso?« Dann zuckte sie zusammen und fasste sich an die Stirn. »Oh nein, sieht man die Beule etwa so genau?«

Franzi schüttelte den Kopf. »Mir wäre das gar nicht aufgefallen. Aber was ist denn passiert?«

Kim grinste schief. »Ich bin gestern mit meinem Sitznachbarn aus dem Schreibworkshop zusammengestoßen. Dumm gelaufen, aber nicht der Rede wert.« Sie schob ihr Rad in den Ständer und schloss es ab. »Sorry noch mal fürs Zuspätkommen. Ich hab verschlafen und dann habe ich mir auch noch meinen Kakao über das Shirt geschüttet und musste mich umziehen.«

»Kann es sein, dass du ein bisschen zerstreut bist?«, fragte Franzi und lächelte vielsagend. »Wie war es denn gestern im Schreibworkshop … mit Sebastian?«

Kim verdrehte die Augen. »Kein Kommentar!«

Franzi ließ nicht locker. »Aber warum denn nicht? Mich würde es brennend interessieren … autsch!« Sie sah Marie vorwurfsvoll an, die ihr einen leichten Tritt gegen das Schienbein verpasst hatte. »Ich weiß nicht, was daran so schlimm sein soll, über seinen Schwarm zu reden!«

Marie schüttelte den Kopf. »Wenn Kim jetzt nicht darüber reden will, dann eben nicht.« Sie sah ihre Freundin ernst an. »Aber *wenn* du reden möchtest, sind wir jederzeit für dich da. Das weißt du, oder?«

Kim lächelte Marie erleichtert an. »Ja, danke!« Sie pustete sich eine Haarsträhne aus dem Gesicht. »Und jetzt brauche ich ganz dringend noch einen Energieschub, glaube ich!«

Marie und Franzi verstanden sofort, was sie meinte: der Powerspruch, den sie immer aufsagten, wenn sie besonders viel Energie für einen Fall benötigten! Sie stellten sich dicht vor Kim. Dann streckten die drei Detektivinnen zeitgleich ihre Arme noch vorne, sodass sie sich fast berührten. »Die drei !!!«, sagten sie gleichzeitig. Marie flüsterte: »Eins«, Franzi folgte mit »Zwei« und Kim murmelte: »Drei.« Schließlich hoben sie die Arme nach oben und riefen gemeinsam: »Power!!!«
Sofort spürte Marie, wie eine warme Energiewelle ihren Körper durchflutete und sie sich frisch, stark und frei fühlte.
Kims Augen blitzten auf und sie lächelte. »Danke, das tut gut!«
Einige Minuten später liefen die drei Detektivinnen über das Kirmesgelände. Die Fahrgeschäfte und Essensstände waren noch geschlossen und es gab keine Besucher, die sich johlend und lachend durch die schmalen Gänge drängten. Das würde sich in knapp zwei Stunden, wenn der Rummel wieder seine Pforten öffnete, bestimmt ändern. Im Moment jedoch waren nur die Schausteller zu sehen, die Reinigungs- und Reparaturarbeiten durchführten. Auch an der Geisterbahn der Familie Schubart wurde gearbeitet: Alfons Schubart putzte zusammen mit einem alten, etwas korpulenten Herrn mit Glatze die Scheiben des Kassenhäuschens.
»Wenn ich die erwische!«, hörte Marie den alten Mann schnaufen. Sie wurde hellhörig und ging näher heran.
»Was für eine Sauerei!«, rief Alfons Schubart. »Mensch, Eckhart, und du hast bei deinem nächtlichen Spaziergang nichts gesehen?«

»Nein!«, sagte der Mann. »Verdammt, ich ärgere mich über mich selbst. Ich habe etwas gehört, habe mir aber keine Gedanken gemacht.« Er wrang den Putzlappen über einem Eimer aus. »Wenn ich den oder die Schmierfinken erwische!«
Kim fasste Marie am Arm. »Habt ihr das gesehen?«
Marie nickte stumm. Aus dem Lappen war blutrote Flüssigkeit gelaufen!
Die drei Mädchen rannten zum Kassenhäuschen hinüber. Alfons Schubart sah überrascht auf.
»Die drei Detektivinnen!«, rief er. »Das passt ja. Ihr könnt hier gleich weiterermitteln.«
»Was ist denn passiert?«, fragte Kim und starrte abwechselnd auf das blutige Wasser im Eimer und auf das Fenster im Kassenhäuschen, auf dem sich noch ein blutroter Streifen befand. Die restlichen Glasflächen waren offensichtlich bereits gereinigt worden.
»Keine Sorge, das ist nur Kunstblut«, erklärte Eckhart Schubart. Er lachte trocken. »War wohl ein kleiner Scherz von ein paar dummen Jungs. Eigentlich passt Blut ja ganz gut zu unserer Geisterbahn …«
Marie räusperte sich. »In letzter Zeit häufen sich aber die Vorkommnisse an Ihrem Fahrgeschäft!«
Alfons Schubart nickte nachdenklich. »Ich weiß nicht, was los ist. Ich kann mir einfach nicht vorstellen, wer etwas gegen uns haben sollte!« Er wischte energisch eine der Scheiben trocken.
»Wir werden es herausfinden!«, rief Franzi. »Wir helfen Ihnen!«

»Ihr wollt uns helfen?« Eckhart Schubart runzelte die Stirn. »Drei kleine Mädchen?!«
Franzi sah den Mann empört an. »Wir sind keine kleinen Mädchen! Wir ...«
»Jetzt lass mal gut sein, Eckhart«, unterbrach Alfons Schubart sie. »Die Mädels betreiben einen Detektivclub. Sie haben wegen des Einbruchs bei Clarissa ziemlich professionell nach Spuren gesucht.« Er sah die drei !!! resigniert an und warf den Lappen in den Eimer. »Vielleicht muss ich trotzdem die Polizei einschalten.«
Kim knetete ihre Hände. »Wenn Sie meinen. Wir halten jedenfalls weiter die Augen offen.«
»Macht das«, murmelte Alfons Schubart abwesend. Er nahm den Lappen aus dem Eimer, wrang ihn aus und wischte den letzten Streifen roter Farbe vom Glas.
»Das war's dann wohl«, murmelte Franzi. Sie deutete auf die frisch polierten Scheiben des Kassenhäuschens und den Boden, der vom Wischwasser vollkommen durchweicht war. »Ich fürchte, hier finden wir keine Spuren mehr.«
»Mist, du hast recht«, zischte Kim. »Die sind alle weggewaschen.«
Marie seufzte niedergeschlagen. »Dann gibt es hier für uns jetzt wohl wirklich nichts mehr zu tun. Lasst uns zur *Geisterhütte* gehen.«
Sie verabschiedeten sich von Alfons und Eckhart Schubart und machten sich auf den Weg zu dem Fahrgeschäft am Ende des Rummelplatzes.

Die *Geisterhütte* war etwas kleiner als das *Gespensterschloss,* aber mit der gleichen Liebe zum Gruseldetail gestaltet: Die Fassadenbemalung stellte eine große Hütte aus Holz dar, die von einem finsteren Wald umgeben war. Ein riesiger, furchterregender Drachenkopf blickte zwischen den Tannen hervor und jede Menge Trolle, Monster und unheimlich aussehende Gestalten bevölkerten die Szene. Sie wirkten äußerst lebendig, obwohl sie sich gerade nicht bewegten. Wenn ihre verborgene Mechanik aktiviert war, boten sie garantiert einen absolut gruseligen Anblick.

Franzi war ebenfalls beeindruckt. »Das macht richtig Lust auf eine Fahrt!«

»Ihr seid leider etwas zu früh dran!«, rief ein großer dunkelhaariger Mann, der mit einer Kunststoffbox auf den Armen angelaufen kam. »Wir öffnen erst um 14:00 Uhr.« Er setzte die Box ab, wischte sich den Schweiß von der Stirn und lächelte die Mädchen an. »Dann könnt ihr Grusel vom Feinsten erleben!«

»Alles klar«, sagte Marie und lächelte ebenfalls. »Aber wir sind eigentlich wegen etwas anderem hier.«

Der Mann sah die drei !!! neugierig an. »Wie kann ich euch helfen?«

Marie räusperte sich und stellte Kim, Franzi und sich vor. Dann sagte sie: »Wir wollen für die Schülerzeitung eine Reportage über das Leben von Schaustellern schreiben und würden dafür gerne Interviews machen.«

Um die Ernsthaftigkeit ihres Vorhabens zu unterstreichen, zog Kim ein großes Heft und einen Stift aus der Tasche.

»Das ist ja toll!«, sagte der Mann sofort. »Klasse, dass ihr euch für uns fahrendes Volk interessiert! Ich bin übrigens Henry Schaller. Ich betreibe eine Achterbahn und ein Kinderkarussell hier auf der Kirmes.«

»Und was haben Sie dann mit der Geisterbahn zu tun?«, fragte Kim erstaunt.

Henry Schaller zuckte mit den Schultern. »Die Bahn gehört der Familie meiner Verlobten, Sandra Seifert. Ich helfe öfter hier aus.«

Marie tauschte einen heimlichen Blick mit Kim. Sandra Seifert hatte also einen neuen Freund!

Der Mann sah auf seine Armbanduhr. »Sandra müsste übrigens gleich kommen. Dann könntet ihr ein Doppel-Interview mit uns machen. Was haltet ihr davon?«

Marie nickte. »Das wäre schön!«

Kim stieß ihr den Ellbogen leicht in die Seite. »Perfekt«, flüsterte sie.

»Ich bringe nur schnell die Kiste rein«, sagte der Mann. »Bin gleich wieder da!« Er bückte sich und hob die Box an. Dabei löste sich der Deckel und segelte zu Boden. Marie hob ihn auf und wollte ihn auf die Kiste zurücklegen, da fiel ihr Blick auf den Inhalt. Augenblicklich stockte ihr der Atem: Mehrere blutige Arm- und Beinstümpfe stapelten sich in der Box.

»Hoppla!« Der Mann lächelte entschuldigend, als er Maries erschrockenen Blick bemerkte. »Die sind für die *Kammer des Axtmörders*. Eine Freundin hat sie zum Sonderpreis angefertigt.« Er stellte die Kiste wieder ab, zog einen Arm heraus und sah ihn bewundernd an. »Alles Latex und Farbe. Schön gemacht, nicht?«

Marie atmete aus. »Sind die von Clarissa Schubart?«, fragte sie.

»Ja!« Der Mann legte den Arm vorsichtig in die Box zurück. »Ihr kennt sie?«

»Hm, ja«, sagte Marie zögernd. Sie sah Kim und Franzi unsicher an.

»Wir haben Frau Schubart und ihren Vater gestern zufällig kennengelernt und für unseren Artikel interviewt«, log Kim.

Der Mann nickte anerkennend. »Da habt ihr gute Leute getroffen! Die Schubarts sind eine alteingesessene Schaustellerfamilie mit langer Tradition. Ihre Geisterbahn feiert dieses Jahr 80-jähriges Jubiläum. Die Familie ist übrigens gut befreundet mit der Familie Seifert.«

»Wirklich?«, warf Franzi ein. »Aber Sie sind doch eigentlich Konkurrenten. Ich meine, beide Familien betreiben eine Geisterbahn ...«

Der Mann schüttelte lachend den Kopf. »Das mit dem Konkurrenzdenken ist ein echtes Vorurteil. Klar, wir müssen alle sehen, wo wir bleiben. Aber du darfst nicht vergessen, dass die meisten von uns hier gemeinsam aufgewachsen sind. Unsere Familien kennen sich seit Generationen. Da hält man zusammen. Wir kämpfen nicht gegen-, sondern miteinander.«

Marie beobachtete den Mann genau. Sein Blick war offen und freundlich, er stand entspannt und gerade vor ihnen. Scheinbar sagte er die Wahrheit. Es sei denn, er war ein sehr guter Schauspieler.

»Seiferts und Schubarts tauschen sich regelmäßig aus und achten darauf, dass sich die beiden Geisterbahnen thematisch unterscheiden«, fuhr der Mann fort. »Die meisten Gäste wollen beide Fahrgeschäfte kennenlernen. Im *Gespensterschloss* treffen sie auf klassische Vampire und Geister und hier mehr auf Mörder und Bestien in einem unheimlichen Wald.«

Plötzlich huschte ein warmes Lächeln über das Gesicht des Mannes und seine Augen begannen zu strahlen. »Da kommt Sandra!«, rief er und winkte.

Undercover-Aktion

Marie drehte sich um. Eine junge Frau mit kurzen blonden Haaren kam herbeigelaufen. Sie winkte ebenfalls und strahlte über das ganze Gesicht. Als sie bei der *Geisterhütte* angekommen war, holte sie erst einmal tief Luft. »Henry!«, sagte sie dann. »Tut mir leid, dass ich zu spät bin. Ich habe mich einfach festgequatscht!«

Der Mann lachte. »Kein Problem. Eure Schaustellerinnen-Frühstücke dauern meistens länger als geplant.«

»Es gibt aber auch immer so viel zu besprechen«, antwortete Sandra Seifert. Sie umarmte Henry und die beiden gaben sich einen Kuss.

Marie griff nach ihrem silbernen Schwanenanhänger und lächelte. Am Montag würden sie und Holger sich endlich wiedersehen!

Henry legte Sandra den Arm um die Schulter. »Darf ich dir Kim, Franzi und Marie vorstellen? Die drei schreiben an einem Artikel über Schausteller für ihre Schülerzeitung. Und sie würden uns gerne interviewen!«

Die junge Frau nickte begeistert. »Super, von mir aus können wir gleich anfangen!«

Eine Stunde später verabschiedeten sich die Detektivinnen von dem Paar. Die Fahrgeschäfte und Essensbuden hatten mittlerweile geöffnet und die Geräuschkulisse war enorm. Musik dudelte aus allen Richtungen und die Durchsagen der Betreiber mischten sich mit dem Stimmengewirr, dem Lachen und Kreischen der Kirmesbesucher. Die Mädchen ließen sich von der Menschenmenge mitziehen, die langsam den Hauptweg zwischen den Fahrgeschäften entlangströmte.
»Ich habe echt ein schlechtes Gewissen!«, rief Kim. »Die beiden waren so nett zu uns. Und wir haben sie angelogen.«
»Es war eine Undercover-Aktion«, warf Franzi ein. »Vergiss nicht: Sandra Seifert ist eine Verdächtige gewesen und wir wollten etwas aus ihr rausbekommen.«
Kim nickte. »Ja, schon. Trotzdem komme ich mir schäbig vor. Die beiden waren so begeistert davon, dass wir über sie in der Schülerzeitung berichten wollen.« Sie wich einem kleinen Jungen aus, der ihr mit einer riesigen Kugel Zuckerwatte entgegenkam, die seine Sicht einschränkte. »Jetzt müssen wir sie später noch mal anlügen und eine Ausrede dafür erfinden, warum der Artikel nicht erscheint.«
»Du machst dir vielleicht Gedanken!« Franzi boxte Kim leicht gegen die Schulter. »Du kannst die Reportage doch schreiben. Ich fand es sehr spannend, was Sandra und Henry vom Schaustellerleben erzählt haben.« Sie zog eine Augen-

braue hoch. »Vielleicht ist die Story etwas für deinen Workshop bei …«

»Hör auf!«, rief Kim und hielt sich die Ohren zu. »Lass das Thema!«

Franzi hob entschuldigend die Hände. »Okay, tut mir leid! War ja bloß eine Idee.« Sie sah Kim von der Seite an. »Also, was machen wir jetzt?«

Kim ließ die Hände sinken. »Ich weiß gerade auch nicht weiter.«

Marie seufzte. Sie hatten eben im Gespräch mit Sandra Seifert und Henry Schaller überraschend leicht viel Privates erfahren. Die beiden Schausteller waren schwer verliebt ineinander, das konnte jeder sehen. Auch das, was die beiden erzählt hatten, deckte sich zu hundert Prozent mit dem, was Clarissa Schubart gesagt hatte. Frau Seifert trauerte ihrem Exfreund Kai Schubart in keinster Weise nach und war auch nicht sauer auf ihn. Sie und sogar ihr Verlobter hatten guten Kontakt zu Kai Schubart. Von Eifersucht oder Wut war nichts zu merken gewesen.

Dieses Verdachtsmoment war also nahezu vollkommen ausgeräumt. Auch ein Sabotageakt aus Konkurrenzgründen schien nach dem Gespräch ausgeschlossen. Die beiden Schausteller-Familien waren ganz offensichtlich sehr gut befreundet.

Marie biss sich auf die Lippen. Wer steckte dann hinter den merkwürdigen Vorkommnissen?!

Sie räusperte sich. »Leute, ich schlage vor, wir stärken uns jetzt erst mal und beraten dann, wie es weitergeht.«

»Gute Idee!«, sagte Kim sofort. »Wollen wir zum Waffelstand gegenüber vom *Gespensterschloss* gehen?«
Marie und Franzi waren einverstanden.
Schweigend setzten die drei Detektivinnen ihren Weg fort. Als die große Geisterbahn in Sicht kam, zeigte Kim plötzlich auf die Fassade. »Die Figuren bewegen sich. Also konnten sie den Betrieb tatsächlich wiederaufnehmen.«
»Das ist doch immerhin etwas.« Franzi wies mit dem Kinn zum Kassenhäuschen. »Seht mal, dort ist ja die gesamte Familie Schubart versammelt!«
Marie hätte Clarissa und Kai Schubart ohne ihre Gruselkleidung beinahe nicht erkannt. Besonders Clarissa sah jetzt vollkommen anders aus. Sie trug ihr rötliches Haar zu einem Pferdeschwanz gebunden und hatte einen korallenroten Pullover an, der ihre frische Gesichtsfarbe betonte.
»Kommt, wir fragen, ob es etwas Neues zu der Gondel gibt«, sagte Kim spontan. »Das habe ich heute Vormittag ganz vergessen.«
Als sie bei der Familie eintrafen, waren laute Stimmen zu hören. Clarissa und Kai Schubart redeten auf ihren Großvater Eckhart Schubart ein. Alfons Schubart stand daneben und machte ein ratloses Gesicht. Seine Frau schüttelte den Kopf.
Clarissa Schubart bemerkte die drei !!! als Erste. Sie lächelte den Mädchen zu und winkte kurz. Aber dann vertiefte sie sich gleich wieder ins Gespräch mit Eckhart Schubart.
Marie räusperte sich und ging auf Alfons Schubart zu. »Sie können Ihr Fahrgeschäft wieder betreiben, das ist ja toll!«

Herr Schubart zuckte mit den Schultern. »Ja, das ist wirklich gut.«

Er wirkte seltsam unbeteiligt. Plötzlich kam Clarissa auf die Mädchen zu. »Gibt es noch etwas?«, fragte sie kurz angebunden.

»Ähm, also«, begann Marie. Sie schluckte. Warum war Clarissa Schubart denn plötzlich so abweisend?

Kim schaltete sich ein: »Wir wollten nur fragen, ob Sie noch etwas Neues zu dem Vorfall mit der Gondel erfahren haben.«

Die junge Frau pickte einen Fussel von ihrem Pullover. »Nein. Es ist ganz klar, dass sich das Teil vom Wagen gelöst und den Kurzschluss verursacht hat. Wir mussten nur die betroffene Gondel entfernen. Alle anderen sind vom TÜV für fahrtüchtig erklärt worden.« Sie nickte den drei !!! zu. »Es ist alles in Ordnung. Entschuldigt mich jetzt bitte, wir müssen unsere Einsatzpläne besprechen.«

»Ja, und der Einbruch …«, begann Marie, stellte aber fest, dass sich Clarissa Schubart bereits von ihr abgewandt hatte und wieder auf ihren Großvater einredete.

Adelheid Schubart nickte ihnen freundlich zu, drehte sich aber ebenfalls im nächsten Moment wieder weg.

Franzi zog eine Augenbraue hoch. »Ich glaube, wir sind zum falschen Zeitpunkt gekommen.«

»Los«, murmelte Kim. »Wir gehen jetzt erst mal zum Waffelstand.«

»Ich lade euch ein«, sagte Marie. »Das wollte ich ja eigentlich schon am Freitag machen.«

Sie bestellten Butterwaffeln mit Sahne und heißen Kirschen und drei Gläser Fruchtpunsch. Marie bezahlte, während Kim und Franzi die Pappteller und Gläser auf zwei Tabletts verteilten und zu einem freien Stehtisch liefen.

»Das war eben aber sehr merkwürdig«, sagte Kim, als sich Marie neben sie stellte. »Wollten die uns loswerden?!«

»Ich verstehe das auch nicht«, murmelte Marie. »Besonders Clarissa war auf einmal so anders.« Sie zog einen Pappteller zu sich heran und betrachtete die goldgelbe Waffel, auf der die Kirschen die Sahne rosa färbten. Es duftete verführerisch nach Vanille, Butter und Zimt. Vorsichtig brach Marie ein Stück vom Gebäck ab und pustete darauf.

»Danke übrigens!«, nuschelte Kim, die ein großes Stück abgebissen hatte. Sie kaute und schluckte. »Sehr lecker!«

»Gern geschehen«, murmelte Marie und steckte sich das Waffelstück in den Mund. Sie beobachtete die Geisterbahn schräg gegenüber. Die Familie Schubart hatte ihre Einsatzbesprechung scheinbar beendet. Alfons und Adelheid Schubart liefen mit Eckhart zusammen auf das geheime Tor im Zaun zu, Kai und Clarissa verschwanden hinter dem Kassenhäuschen.

Kim legte ihre angebissene Waffel auf den Pappteller zurück und wischte sich die Hände mit einer Serviette ab. Sie zog das Detektivtagebuch aus ihrem Rucksack. Nachdenklich strich sie ein Eselsohr in der abgegriffenen Vorderseite glatt.

»Zwei Einbrüche, eine beschädigte Gondel, ein Stromausfall, das blutbeschmierte Kassenhäuschen.« Sie runzelte die Stirn. »Und Clarissa Schubart sagt *Alles in Ordnung*.« Franzi lachte trocken auf. »Das ist wirklich sehr seltsam.« Sie nahm einen Schluck von ihrem Früchtepunsch und stellte den Becher zurück auf den Tisch. »Meint ihr, die Schubarts wollen nicht, dass wir weiterermitteln? Vielleicht, weil sie die Polizei eingeschaltet haben?«

»Kann schon sein«, sagte Kim. Sie machte eine kurze Notiz im Detektivtagebuch und drehte dann nachdenklich den Stift in der Hand. »Wir müssen unbedingt noch mal mit ihr reden!«

»Finde ich auch«, stimmte Marie zu. »Ich habe ein ganz merkwürdiges Gefühl.« Sie sah ihre Freundinnen ernst an. »Wer weiß, was noch alles passiert?«

»Dann lasst uns gleich nachher Clarissa Schubart suchen!« Franzi zerteilte ihre Waffel und legte Kim eine Hälfte auf den Teller. »Hier, schenk ich dir!«

Kim sah Franzi überrascht an. »Schmeckt's dir nicht?«

»Doch! Aber ich schaffe die nicht so schnell. Und du kannst bestimmt eine Extraportion Nervennahrung brauchen!« Franzi zwinkerte Kim zu und biss in ihre Waffelhälfte.

Kim lachte. »Na gut, ich erbarme mich!«

Auch Marie machte sich daran, ihre Waffel aufzuessen. Eine Zeit lang herrschte Schweigen, das nur von Serviettenrascheln und leisem Schmatzen unterbrochen wurde.

Marie war gerade dabei, den letzten Bissen mit einem kräftigen Schluck aus ihrem Becher herunterzuspülen, da sah sie aus dem Augenwinkel Clarissa und Kai Schubart. Die beiden liefen an der Geisterbahn vorbei und steuerten auf einen Schießstand zu. Marie stellte den Becher schwungvoll ab. »Leute, wenn wir uns beeilen, können wir gleich mit den Geschwistern Schubart sprechen. Da vorne sind sie!«

Franzi sah in die angegebene Richtung, nickte und sprang auf. Sie stapelte die Pappteller zusammen und sammelte die Servietten ein.

Kim kaute angestrengt mit vollen Backen und wedelte mit der Hand. Sie gab ein dumpfes »Hmpf!« von sich.

»Ab dreißig Gramm wird es undeutlich«, sagte Franzi und grinste. »Was ist denn?«

Kim kaute hektisch weiter und schluckte kräftig. Dann rief sie: »Jetzt macht doch nicht so eine Hektik.« Sie schnappte sich ihre Serviette von Franzi zurück und wischte sich den Mund ab. »So viel Zeit muss sein!«

Während Marie die Gläser zur Ausgabe brachte, warf Franzi die Pappteller in den Mülleimer. Anschließend drängten sie sich mit Kim zusammen durch die Menschenmenge in Richtung des Schießstands.

»Sie stehen links am Tresen«, sagte Kim. »Neben dem Mann mit der roten Jacke.«

Im nächsten Moment schob sich eine Gruppe von fünf Mädchen vor sie und verdeckte für kurze Zeit die Sicht auf den Stand. Als die Detektivinnen ihn erreicht hatten, waren Clarissa und Kai nicht mehr da.

Marie blieb an der Seite des Schießstands stehen und sah sich um. »Mist, wo sind die denn so schnell hin?«

»Weit können sie doch nicht sein«, antwortete Franzi. Sie stellte sich auf die Zehenspitzen und reckte den Hals.

Auch Kim sah sich suchend um. Dann tippte sie Marie an den Arm. »Ich glaube, das ist sinnlos. Wir versuchen lieber, die Telefonnummer von Clarissa Schubart rauszukriegen und rufen sie an.«
Marie zuckte mit den Schultern. »Vielleicht hast du recht. Ich dachte nur, jetzt, wo wir schon mal …«
»Da sind sie!«, rief Franzi dazwischen. »Seht ihr? Sie kommen aus der Seitentür vom Stand heraus.«
Marie erkannte Clarissa in ihrem roten Pullover sofort. Sie schüttelte gerade einem Mann in Kniebundhosen und Trachtenjacke die Hand. Kai nickte dem Mann zu und verstaute einen großen Papierumschlag in seiner Umhängetasche. Der Mann in Tracht sagte etwas und die Geschwister nickten. Dann liefen sie weiter.
»Jetzt versuchen wir es aber noch mal!«, sagte Franzi.
Sie drängten sich durch die Menschenmenge. Zum Glück leuchtete die Farbe von Clarissa Schubarts Pullover so auffällig, dass die drei Detektivinnen ihr leicht folgen konnten.
Bereits am übernächsten Fahrgeschäft, einer Achterbahn, blieben die Geschwister stehen. Franzi zog Marie und Kim mit sich. »Jetzt reden wir mit ihnen!«
Als sie die beiden fast erreicht hatten, sah Marie, wie ein Mann aus dem Kassenhäuschen heraustrat und winkte. Kai ging auf ihn zu. Der Mann reichte ihm einen großen Umschlag. Kai nahm ihn und steckte ihn in seine Tasche. Dann schüttelte er dem Mann die Hand.
»Was machen die da?«, fragte Franzi irritiert.

»Keine Ahnung«, murmelte Kim.
»Da, sie bleiben wieder stehen«, sagte Franzi. »Beim Kettenkarussell!«
Die drei !!! näherten sich unschlüssig. Marie hatte plötzlich ein ungutes Gefühl.
»Irgendwas stimmt da doch nicht«, murmelte Kim.
Clarissa und Kai drängten sich an der Warteschlange vorbei und gingen zur Seite des Kassenhäuschens. Eine Tür öffnete sich, ein Mann trat heraus, grüßte und reichte ihnen einen schmalen Karton, den Kai in seiner Umhängetasche verschwinden ließ.
Franzi sah Marie und Kim fragend an. »Was, zum Teufel, sammeln die da ein?«

Das reinste Horror-Kabinett

Kim zog die Augenbrauen hoch. »Schutzgeld?«

Marie sah ihre Freundin entsetzt an. »Du meinst, Clarissa und Kai Schubart erpressen die anderen Schausteller? Warum?«

»Das weiß ich doch auch nicht«, murmelte Kim. »Wir müssen sie weiter beobachten!«

»Achtung«, rief Franzi. »Sie laufen weiter!«

Die drei !!! folgten dem Geschwisterpaar, das bei zwei weiteren Fahrgeschäften haltmachte und wieder je einen Umschlag ausgehändigt bekam.

Marie drehte nervös eine Haarsträhne zwischen ihren Fingern. »Wenn da überall Geldscheine drin wären, käme eine irre Summe zusammen. Das kann doch gar nicht sein!«

»Ich verstehe das auch nicht so ganz«, sagte Kim.

An den nächsten Ständen und Fahrgeschäften lief das Geschwisterpaar einfach vorbei. Sie drängten sich zielstrebig durch die Menschenmenge.

»Ich glaube, das war's«, vermutete Franzi.

Tatsächlich liefen Clarissa und Kai Schubart ohne Zwischenhalt bis ans Ende des Kirmesgeländes und steuerten auf das breite Ausgangstor zu. Dahinter lag der Fußweg zum Bahnhof.

Die drei Detektivinnen folgten den Geschwistern Schubart mit einem deutlichen Sicherheitsabstand. Sie liefen über die Bahnbrücke und bogen links ab. Der Weg führte zu einem umzäunten Gelände, das unweit der Gleise lag. Mehrere Wohnwagen, Pkw und Container waren dort abgestellt. Kein Mensch war zu sehen. Das Einfahrtstor zum Platz war geöffnet daneben standen zwei große Mülltonnen offenbar zur Abholung bereit. Als Clarissa und Kai Schubart durch die Einfahrt liefen, ließen sich die drei !!! noch ein Stück weiter zurückfallen und kauerten sich hinter die Tonnen. Marie lugte durch den Spalt zwischen ihnen hindurch. Sie konnte das Gelände gut überblicken und sah, dass Clarissa zielstrebig auf einen älteren Camper weiter hinten auf dem Platz zulief. Sie schloss auf und verschwand mit Kai im Wagen. Die Tür schlug zu.

Marie drehte sich zu Kim und Franzi um. »Kann mir mal jemand erklären, was hier vor sich geht?«

Franzi trommelte nervös mit den Fingern auf ihrem Knie. »Clarissa Schubart hat doch erzählt, dass einige Schausteller ihre Wohnwagen hinter dem Bahnhof abstellen mussten.« Sie runzelte die Stirn. »Offenbar hat Clarissa neben ihrem Wohnwagen bei der Kirmes einen zweiten hier stehen.«

»Und warum?«, fragte Kim.

Franzi zuckte mit den Schultern. »Vielleicht weil sie hier heimlich ihr Erpressergeld zählt?«

Kim biss sich auf die Lippen. »So ein Mist, dass wir unsere Abhöranlage nicht dabeihaben.« Sie sah Marie und Franzi an. »Ich will wissen, was in diesen Päckchen drin ist! Los, wir schleichen uns ran!«

Kim schob sich vorsichtig hinter den Tonnen hervor und sah sich um. Dann nickte sie zufrieden. »Wir gehen hinter den Containern rum. Dann kommen wir an der Rückseite des Wohnwagens raus.«

Eine Minute später hatten die drei !!! den Wagen von Clarissa Schubart erreicht. Sie hockten sich unter das große Fenster an der Rückseite. Es war gekippt und man konnte die Stimmen von Clarissa und Kai hören, die sich unterhielten.

»Verdammt, wir müssen was sehen!«, flüsterte Franzi. »Aber hier sind die Vorhänge zugezogen!« Sie wollte sich gerade zu einem Seitenfenster schleichen, aber Kim hielt sie fest. »Warte! Da kommt ein Auto!«

Marie spähte hinter dem Wohnwagen hervor. Ein weißer Kombi rollte langsam vorbei und hielt in einigen Metern Entfernung neben einem geparkten Lieferwagen. Ein Mann und eine Frau sprangen aus dem Auto. Während der Mann die Ladeklappe des Kombis öffnete, schloss die Frau eine Schiebetür am Lkw auf. »Beeil dich!«, rief der Mann. »Ich will den Stand heute endlich mal nicht ganz so spät aufmachen und genügend Bälle und Preise dahaben!« Er zog einen Karton aus dem Lkw und trug ihn zum Kombi.

»Das ist dieser Onkel Tom«, stellte Kim fest. »Der mit der Wurfbude.«

Die Frau sagte etwas, das Marie nicht verstand. Daraufhin schrie der Mann ebenfalls etwas Unverständliches. Die beiden fuhren streitend fort, Kartons umzuladen.
»Lasst es uns auf der anderen Seite probieren«, zischte Franzi. »Sonst sehen die uns noch.«
»Die bemerken uns sowieso nicht«, flüsterte Marie. »So, wie die mit ihrem Streit beschäftigt sind.« Kopfschüttelnd beobachtete sie, wie der Mann mit hochrotem Kopf versuchte, einen großen Blecheimer voller bunter Bälle zwischen die Kartons zu schieben, während die Frau keifte: »Du musst etwas unternehmen!«
»Jetzt lass mich doch mal in Ruhe überlegen!«, schrie der Mann zurück. Er gab dem Eimer einen Tritt. »Du weißt doch gar nicht …«
»Es war das Thema Nummer eins beim Schaustellerinnen-Frühstück!«, rief die Frau dazwischen. »Der Alte verteilt das Geld gerade!«
»Ist ja gut, ich überleg mir was«, rief der Mann und trat mit dem Stiefelabsatz mehrere Male auf den Eimer ein, sodass er endlich zwischen den Kartons ins Innere rutschte. Dass das Blech nun einige Beulen aufwies, kümmerte Tom nicht. Er knallte die Hecktür zu.
»Worum geht es denn da?«, fragte Kim leise und sah Marie verwirrt an.
»Was ist denn los?«, erklang plötzlich Clarissa Schubarts Stimme. »Seid ihr bald mal fertig?«
Die drei !!! duckten sich erschrocken. Marie konnte von ihrer

Position aus die Tür des Wohnwagens nicht sehen. Aber sie nahm an, dass Clarissa Schubart herausgekommen war, um zu sehen, warum es draußen so laut war. Marie hoffte inständig, dass sie nicht entdeckt wurden. Auch Kim und Franzi hielten die Luft an.

»Schon gut!«, rief Tom. »Wir hauen wieder ab!« Der Kombi wurde gestartet und fuhr weg.

Marie hörte Clarissa Schubart seufzen, dann schlug die Tür knarrend zu.

»Sie ist wieder reingegangen«, flüsterte Kim.

»Wir können übrigens hierbleiben«, murmelte Franzi plötzlich. »Die Vorhänge sind nicht ganz zugezogen.« Sie richtete sich langsam auf und zog Kim mit sich. Marie stand mit klopfendem Herzen auf und sah neben ihren Freundinnen durch die Lücke in der Gardine.

Im Wohnwagen herrschte Schummerlicht, die einzige Lichtquelle war der Bildschirm eines Laptops, der zwischen allerhand Papieren, Dosen, Kartons, Pinseln und Werkzeug auf einem Tisch in einer Sitzecke stand.

»Onkel Tom hat Streit mit Lilly«, sagte Clarissa Schubart.

»Das soll aber nicht unser Problem sein«, antwortete Kai Schubart ungerührt. »Lass uns hier weitermachen.« Er bückte sich und hob etwas von der Eckbank auf. »Fremde Leute kannst du hier echt nicht reinlassen«, sagte er und lachte.

»Pass bitte auf!«, rief Clarissa. Sie nahm Kai den Gegenstand vorsichtig ab. »Machst du mal das Licht an?«, bat sie.

Kai beugte sich zur Wand und im nächsten Moment flammte

eine helle Lampe über dem Tisch auf. Jetzt konnte Marie erkennen, was Clarissa Schubart in den Händen hielt. Sie schlug sich die Hand vor den Mund, um nicht laut aufzuschreien: Es war ein ziemlich übel zugerichteter menschlicher Kopf!

»Wie eklig«, zischte Franzi.

Kim brachte nur einen gepressten Laut hervor und ging in die Knie.

»Der hat viel Arbeit gemacht«, sagte Clarissa. Sie wandte sich zu einem Regal an der Seite und stellte den Grusel-Kopf behutsam ab. »Besonders die Gehirnmasse hat mir echtes Kopfzerbrechen bereitet.«

»Ist ihr aber sehr gut gelungen«, flüsterte Franzi.

Marie runzelte die Stirn. »Es sieht furchtbar aus.«

»Das soll es ja auch«, sagte Franzi ungerührt.

»Okay«, flüsterte Kim und rappelte sich auf. »Das ist dann wohl die Werkstatt von Clarissa Schubart, in der sie ihre Gruselsachen herstellt.«

»Das reinste Horror-Kabinett«, flüsterte Marie zurück. Plötzlich packte Franzi Marie am Arm und zischte: »Sie haben die Umschläge aus der Tasche geholt!«

Marie beobachtete gespannt, wie Clarissa einen der Umschläge nahm und ihn aufriss. Die junge Frau ließ den Inhalt auf den Tisch gleiten.

»Super!«, rief sie aus und hielt ein postkartengroßes Papier hoch. »Das muss vor mehr als zwanzig Jahren gemacht worden sein. Siehst du, da gab es die Feuer-Drachen am Eingang noch gar nicht!«

Die drei !!! sahen sich irritiert an. Wovon sprach Clarissa Schubart?
Kai tippte auf ein anderes Papier und lachte. »Guck dir das Jackett von Papa an: so was von 80er-Jahre!«
Clarissa kicherte und legte die Bilder auf einen Stapel auf dem Tisch. »Die scanne ich später ein.« Sie nahm einen weiteren Umschlag, öffnete ihn und zog mehrere CDs heraus.
»Wagners haben ihre Bilder schon digitalisiert, klasse!« Sie schob eine der silbernen Scheiben in den Laptop und tippte auf der Tastatur. Auf dem Display erschien das Bild eines Brautpaars, das in einer der Totenkopf-Gondeln der Geisterbahn saß und in die Kamera strahlte. »Wie süß! Ein Hochzeitsfoto von Mama und Papa!«
Kim atmete scharf aus. »Was läuft denn da gerade?!«
»Das wird eine tolle Bilder-Show zum Jubiläum vom *Gespensterschloss*!«, rief Kai. »Papa und Mama werden ausflippen!«
Die drei !!! sahen sich überrascht an.
»Es war eine gute Idee von dir, die anderen nach alten Kirmes-Aufnahmen zu fragen«, sagte Clarissa. »Ich hätte nie gedacht, dass wir so viel Material zusammenbekommen würden.«
Ihr Bruder nickte. »War doch klar, dass die anderen uns helfen. Wir Schausteller halten eben zusammen.« Kai griff nach einem weiteren Umschlag und riss ihn auf. Wieder kamen Fotos zum Vorschein.
Franzi schüttelte fassungslos den Kopf. »Sagt bitte, dass das nicht wahr ist!«
Kim nickte langsam. »Ich fürchte, doch.«

Marie fasste sich an die Stirn. Sie hatten gerade fast eine ganze Stunde darauf verwendet, Clarissa und Kai Schubart hinterherzuspionieren. Nur um herauszufinden, dass die beiden alte Fotos von der Geisterbahn sammelten!

Kim räusperte sich. »Man muss als guter Detektiv eben jedem Verdacht nachgehen.«

Marie verdrehte die Augen. »Lasst uns von hier verschwinden. Ich habe keine Lust darauf, von den beiden entdeckt zu werden.«

»Aber wir wollten doch mit ihnen sprechen«, warf Franzi ein. »Wir könnten jetzt einfach anklopfen …«

»Und wie willst du erklären, warum wir sie ausgerechnet hier gesucht haben?«, unterbrach Marie sie. Sie stemmte die Arme in die Seiten. »Ich möchte ungern zugeben, dass wir sie heimlich verfolgt haben.«

»Stimmt auch wieder«, murmelte Franzi.

»Wir können ja mit Alfons und Adelheid Schubart sprechen«, schlug Kim vor. »Lasst uns zur Geisterbahn zurückgehen.«

Marie und Franzi nickten.

Plötzlich war das Klingeln eines Handys zu hören. Die drei !!! sahen sich erschrocken an. Schnell zog Marie ihr Smartphone hervor. Erleichtert stellte sie fest, dass es ausgeschaltet war. Auch Kim und Franzi schauten auf ihre Handys und gaben stumm Entwarnung. Das Klingeln kam aus dem Wohnwagen! Im nächsten Moment hörte es auf und Clarissas aufgeregte Stimme war zu hören: »Was?! Wir kommen!«

»Was ist los?«, fragte Kai.

»Das war Papa«, rief seine Schwester. »An der Geisterbahn brennt es!«

Ein Geständnis

Im nächsten Moment wurde die Wohnwagentür aufgerissen und die Geschwister Schubart stürzten heraus. Clarissa schloss hastig ab, dann rannten die beiden los.
Die drei !!! sahen sich alarmiert an. Franzi sprang auf. »Wir müssen zur Geisterbahn!« Sie zog Marie und Kim mit sich.
»Pass auf, sonst entdecken sie uns!«, warnte Kim, während sie mühsam versuchte, mit Franzi Schritt zu halten.
Franzi winkte ab. »Die drehen sich jetzt bestimmt nicht um, die haben andere Sorgen.«
Sie lag mit ihrer Einschätzung richtig. Den gesamten Weg über sahen die Geschwister nach vorn und legten ein erstaunlich schnelles Tempo vor. Selbst die überaus sportliche Franzi hätte alles geben müssen, um die beiden einzuholen. Wenige Minuten später hatten sie die Eisenbahnbrücke hinter sich gelassen und das Riesenrad war zu sehen.
Kim wurde plötzlich langsamer und presste ihre Hände in die Seiten. »Ich kann nicht mehr!«, keuchte sie. Schwer atmend hielt sie an. »Kurze Pause! Bitte!«

Die Geschwister Schubart verschwanden hinter der nächsten Kurve.
Franzi trippelte nervös auf der Stelle.
»Wir können ja auch ein bisschen langsamer machen«, schlug Marie vor. »Auf ein paar Sekunden mehr kommt es auch nicht an.«
Franzi hüpfte von einem Bein aufs andere. »Ich möchte aber so schnell wie möglich da sein!«
»Dann lauf doch schon mal vor«, schlug Marie vor. »Wir treffen uns beim *Gespensterschloss*, okay?«
Franzi nickte. »Bis gleich!« Sie trabte mit weit ausholenden Schritten wieder los.
Kim sah ihr kopfschüttelnd nach. »Ich werde nie verstehen, wie man so sportlich sein kann.«
Marie grinste. »Und Franzi wird es nie verstehen, wie man es schafft, so viele Bücher zu lesen wie du!« Sie schlug Kim auf die Schulter. »Jeder hat halt so seine Stärken.«
Kim seufzte. »Du hast ja recht.« Sie atmete noch einmal tief durch. »Ich glaube, wir können jetzt weiter.«
In gemäßigtem Tempo liefen sie das letzte Stück zum Rummelplatz und drängten sich durch die Menschenmenge vorwärts.
Als sie sich dem *Gespensterschloss* näherten, bemerkte Marie, dass sich besonders viele Menschen um das Fahrgeschäft herum versammelt hatten. Aufgeregte Stimmen waren zu hören und Rauchschwaden hingen in der Luft. Ein Feuerwehrauto und ein weiteres Einsatzfahrzeug waren seitlich vor dem

Eingangsbereich geparkt, der mit rot-weißem Flatterband weiträumig abgesperrt war. Clarissa und Kai Schubart standen mit ihren Eltern und dem Großvater neben den Drachenfiguren am Tor und sprachen mit einem Feuerwehrmann.
»Das Feuer scheint schon gelöscht worden zu sein«, stellte Kim fest.
»Zum Glück!«, rief Marie. Sie sah sich irritiert um. »Aber wo genau soll es eigentlich gebrannt haben? Ich sehe keine Brandspuren!«
»Da seid ihr ja endlich!«, rief Franzi plötzlich hinter ihnen.
Marie drehte sich um und nickte ihrer Freundin zu. »Weißt du schon, was passiert ist?«
»Ja! Ich habe gerade einen der Techniker von der Bahn getroffen«, sagte Franzi. »Es hat gar nicht richtig gebrannt. Die Fackeln der beiden Drachen am Schlosstor hatten scheinbar einen Defekt. Die Feuerfontänen sind plötzlich mehrere Meter in die Höhe geschossen. Die Techniker haben das schnell unter Kontrolle bekommen, aber es gab Panik unter den Besuchern. Einige haben die Feuerwehr gerufen.« Franzi holte nach ihrem Redeschwall tief Luft, dann fuhr sie fort: »Das ist doch nicht normal, was hier alles passiert. Wir müssen unbedingt mit den Schubarts reden!«
Marie nickte. »Wir gehen jetzt zu ihnen.«
Als sie den abgesperrten Bereich endlich erreicht hatten, war von den Schubarts jedoch niemand mehr zu sehen.
»Mist!«, rief Kim und sah sich suchend um. »Eben waren sie noch da!«

Der Einsatzwagen der Feuerwehr rollte langsam an. Zwei Feuerwehrleute lösten einen Teil des Absperrbandes und verwiesen die Schaulustigen zur Seite. Der Wagen bog auf den Hauptweg des Kirmesgeländes ein und beschleunigte leicht. Die drei !!! wurden von den Menschen, die auswichen, ein Stück weitergedrängt. Plötzlich verdichtete sich die Menge und es wurde richtig eng.
Kim schnappte nach Luft. »Das wird mir jetzt aber etwas zu viel«, ächzte sie und blickte sich hektisch um.
Marie sah Kim besorgt an. Sie wusste, dass ihre Freundin unter Platzangst litt und in engen Räumen manchmal Panik bekam. Die aktuelle Situation schien sie zu überfordern.
Auch Franzi hatte Kims alarmierten Blick bemerkt. »Hinter dem Kassenhäuschen ist weniger los!«, rief sie, griff Kim unter den Arm und zog sie mit sich.
Marie drängte sich auf der anderen Seite mit ihr durch die Menge. Gemeinsam schafften sie es ziemlich schnell bis zu dem Häuschen auf der linken Seite der Geisterbahn.
Kim atmete erleichtert auf. »Mann, was für ein Chaos«, murmelte sie und lehnte sich an die Tür. »Danke für eure Hilfe!«
»Geht es dir denn schon besser?«, wollte Franzi wissen.
Kim nickte. »Auf alle Fälle!«
»Am besten warten wir ab, bis sich die Leute verzogen haben«, schlug Marie vor. Sie betrachtete ihre weißen Sneakers, die von grauen Flecken übersät waren. Verärgert wollte sie sich gerade bücken, um ihre Schuhe sauber zu machen, als Kim rief: »Ist das nicht die Freundin von Kai?«

Marie sah in die Richtung, in die Kim zeigte: In der Nähe der Waffelbude, unweit des *Gespensterschlosses,* stand eine bleiche weibliche Gestalt in einem wallenden flaschengrünen Gewand. Sie sprach mit einem dünnen blonden Jungen und zupfte dabei nervös an ihren langen roten Haaren, in denen dicke Stränge von Algen klebten.

»Die Wasserleiche am Waffelstand – das ist Tami?«, fragte Marie.

»Ja, ganz sicher!«, rief Kim ungeduldig. »Vielleicht kann sie uns sagen, wo wir die Schubarts finden.«

Die Detektivinnen liefen zu dem Mädchen und dem Jungen rüber. Aus der Nähe erkannte auch Marie Kais Freundin wieder. »Hallo, Tami!«, rief sie.

Aber das Mädchen war so ins Gespräch vertieft, dass es nicht reagierte.

Der Junge packte Tami jetzt am Arm. »Es ist gefährlich!«, rief er aufgebracht. »Du siehst doch, was alles passieren kann!«

Tami schüttelte heftig den Kopf. »Clemens, das ist lächerlich!« Sie riss sich los und wandte sich schwungvoll um. Dabei rannte sie beinahe in Kim hinein, die hinter ihr gestanden hatte. Erschrocken riss sie die Augen auf. »Entschuldigung.« Dann erkannte sie Kim wieder. »Ihr seid doch die drei Detektivinnen.«

»Ist alles in Ordnung?«, erkundigte sich Kim.

»Vielleicht könnt ihr meinem Bruder sagen, dass er mich endlich in Ruhe lassen soll!«, rief Tami wütend und machte einen Schritt zur Seite. »Ich komme nie mehr nach Hause!«, rief sie schließlich und rannte weg.

»Aber das hier ist nichts für dich!«, rief Clemens ihr hinterher. Traurig ließ er den Kopf hängen.
Marie schätzte den Jungen auf sechzehn, maximal siebzehn Jahre. Sein schmales Gesicht war blass, die Augen gerötet. Irgendwie tat ihr der Junge leid.
Clemens strich sich mit beiden Händen das halblange Haar aus dem Gesicht. Mehrere Piercings an seinen Ohren blitzten im Sonnenlicht auf.
»Dann eben nicht«, murmelte er. Er nickte den drei !!! zu und wandte sich ab. Mit hängenden Schultern lief er in Richtung des Waffelstands weg.
In dem Moment fiel Marie der Abdruck an der Wohnwagentür ein: das Ohr mit den drei merkwürdigen Strichen statt eines Ohrläppchens. Sie überlegte fieberhaft. Hatte Clemens drei silberne Ringe im rechten Ohrläppchen gehabt? Sie war sich nicht ganz sicher.
»Alles klar bei dir?«, riss Franzi sie aus ihren Gedanken.
Marie nickte. »Leute, habt ihr die Piercings von Clemens gesehen?«
Kim sah sie verwundert an. »Drei Ringe im rechten, zwei Stecker im linken Ohr. Warum fragst du?«
Marie nickte. Auf Kims tolles Gedächtnis war einfach Verlass!
»Ich glaube, dieser Clemens hat an der Wohnwagentür gelauscht«, zischte sie. »Er ist der Einbrecher!«
Kim schlug sich mit der flachen Hand vor die Stirn. »Der Abdruck mit den drei Strichen! Das ist wirklich ein Hinweis!« Sie sah sich aufgeregt um. »Wo ist der Junge?«

»Keine Hektik«, sagte Franzi. Sie deutete zum Süßigkeitenstand. »Er ist nicht weit gekommen.«
Tatsächlich! Clemens steuerte gerade mit einem großen, dampfenden Becher in der Hand einen freien Stehtisch beim Waffelstand an.
Kim murmelte: »Ganz sicher können wir natürlich nicht sein. Solche Piercings haben viele Leute.« Sie starrte zu dem Jungen hinüber. »Wir bräuchten einen neuen Ohrabdruck von ihm. Dann könnten wir feststellen, ob der obere Teil mit dem Abdruck am Wohnwagen übereinstimmt.«
»Und wie willst du an sein Ohr rankommen?«, fragte Franzi.
Marie grinste. »Wir gehen an ihm vorbei, ich stolpere und drücke ihm dabei meinen Geldbeutel drauf ...«
»Das funktioniert im Leben nicht«, unterbrach sie Kim. Ihre Augen blitzten auf. »Aber ich habe eine andere Idee!« Sie wühlte kurz in ihrem Rucksack und zog dann die Tüte mit dem Knopf heraus, den sie in Clarissa Schubarts Wagen gefunden hatten. »Gut, dass ich ihn noch nicht archiviert habe.« Kim ließ den Knopf aus der Tüte in ihre Hand gleiten. »*Trick siebzehn?!*«
Marie und Franzi nickten begeistert.
Clemens sah überrascht auf, als sich die drei !!! zu ihm an den Tisch stellten.
»Hallo, Clemens!«, begann Marie. Sie versuchte, einen Blick auf die Knopfleiste seines Parkas zu erhaschen. Leider war sie von einem aufgenähten Lederstreifen verdeckt.
»Ja?«, sagte der Junge und rührte langsam den Milchschaum in seiner heißen Schokolade unter.

Kim zeigte ihm den dunkelblauen Knopf. »Den habe ich gerade unter dem Tisch gefunden. Ist das deiner?«
Clemens runzelte die Stirn. Er klappte die Knopfleiste seines Parkas um. »Ja! Da fehlt einer«, stellte er fest. Er lächelte Kim kurz an und hielt seine Hand auf. »Danke!«
Kim legte den Knopf auf den Tisch. Sie sah Clemens eisig an. »Wir haben ihn gar nicht hier gefunden!«
»Hä?« Der Junge sah Kim verständnislos an.
»Er lag auf dem Boden im Wohnwagen von Clarissa und Kai Schubart!«
Clemens wurde unruhig. Er legte den Löffel weg und schob den Knopf auf dem Tisch hin und her. »Wie soll der denn da hingekommen sein?«, fragte er lahm. Er tippte auf den Knopf. »Dann ist das wohl doch nicht meiner.«
Franzi lachte trocken. »Man sieht ganz genau, dass der zu deinem Parka gehört!« Sie stemmte die Arme in die Seiten. »Und jetzt ist Schluss mit dem Spielchen. Wir haben einen weiteren Beweis, dass du am Wohnwagen warst: Du hast an der Tür einen Abdruck von deinem Ohr hinterlassen! Gib es zu! Du hast gelauscht und dann hast du den Wagen aufgebrochen und alles verwüstet!«
Clemens starrte Franzi fassungslos an. »Ihr ... Ohr ... Ich ... äh?«, stotterte er los, um schließlich wieder zu verstummen. Er zuckte mit den Schultern. Verzweifelt fuhr er sich durch die Haare. »Ich musste doch etwas machen«, murmelte er.
»Wie soll man das denn jetzt verstehen?«, rief Kim aufgebracht.

Clemens' Hände krampften sich um den Kakaobecher. Er biss sich auf die Lippe. Dann brach es aus ihm hervor: »Ich habe unserer Mutter versprochen, dass ich mit Tami rede. Damit sie wieder nach Hause kommt. Ihr könnt euch nicht vorstellen, wie schrecklich das für uns ist. Sie will einfach nichts mehr mit ihrem alten Leben zu tun haben.« Clemens drehte den Becher in seinen Händen. »Ich verstehe ja, dass sie vieles stressig findet: Abi, G8 und so. Ich verstehe auch, dass sie nicht Jura studieren und in die Kanzlei unseres Vaters einsteigen will. Aber muss sie denn gleich alles hinschmeißen?« Wieder krampften sich Clemens' Hände um den Becher. Den Blick auf die Tischplatte gerichtet, fuhr er fort: »Ich bin ihr ein paar Mal hinterhergefahren und habe sie auf den Rummelplätzen abgepasst. Aber sie ist immer wieder weggelaufen.« In Clemens' Augen schimmerten Tränen. »Ich wusste einfach nicht mehr weiter. Unser Vater hat sich total zurückgezogen und arbeitet nur noch. Und meine Mutter sitzt immer total traurig herum. Tami muss wiederkommen!«

»Und weil Reden nicht funktioniert hat, bist du in Aktion getreten«, stellte Kim fest.

Clemens nickte. »Ich dachte, ich mache ihr klar, dass das Leben als Schausteller viel zu gefährlich ist. Ich wollte, dass sie Angst kriegt und endlich nach Hause kommt! Also bin ich in die zwei Wohnwagen eingebrochen und habe dort Chaos angerichtet.« Er schüttelte den Kopf. »Das hat sie aber nicht überzeugt. Deshalb habe ich noch ein paar Sachen an der Geisterbahn gemacht.«

»Ich fasse es echt nicht«, murmelte Kim.
Eine Weile herrschte Schweigen. Dann räusperte sich Clemens. »Ich hab richtig großen Mist gebaut, was?«
Marie nickte. »Das kann man wohl sagen!«
»Du musst mit Schubarts reden und dich bei ihnen entschuldigen!«, sagte Kim bestimmt.
»Und bei deiner Schwester«, ergänzte Franzi. »Und dann müsst ihr euch endlich in Ruhe aussprechen!«
»Das will ich ja die ganze Zeit. Aber Tami rennt immer weg!«
»Vielleicht bringt es etwas, wenn Kim, Franzi und ich mit ihr reden?«, fragte Marie.
»Manchmal ist es ganz gut, wenn Leute helfen, die etwas Distanz haben«, ergänzte Franzi.
Clemens nickte. »Das würdet ihr wirklich tun?«
»Natürlich«, sagte Franzi. Auf ihrer Stirn erschien eine steile Falte. »Bevor du weiter dumme Sachen machst.« Plötzlich sah sie richtig verärgert aus. »Weißt du eigentlich, dass wir bei dem Stromausfall in der Geisterbahn waren? Das war sehr unheimlich! Und gefährlich. Es hätte Panik unter den Gästen geben können. Leute hätten sich schwer verletzen können!«
Clemens riss die Augen auf. »Was für ein Stromausfall?« Marie trommelte mit den Fingern auf der Tischplatte. »Die Gondel, die du beschädigt hast, hat einen Kurzschluss in der Bahn verursacht. Hast du das nicht mitgekriegt?«
Der Junge sah die drei !!! irritiert an. »Ich habe keine Gondel beschädigt!«

Ein bleicher Totenschädel

»Und das sollen wir dir jetzt glauben?«, rief Franzi.
Auf Clemens' Stirn erschien eine steile Falte. »Ich schwöre euch, ich habe nichts mit einer Gondel gemacht!« Er sah die drei !!! eindringlich an.
Marie schluckte. Sagte Clemens wirklich die Wahrheit oder log er? Aber wieso sollte er ausgerechnet diese eine Sache abstreiten?
Kim schien ebenfalls unsicher zu sein. »Weißt du was? Am besten gibst du uns jetzt deine Telefonnummer und wir melden uns bei dir, sobald wir mit deiner Schwester sprechen konnten.« Sie machte eine Kunstpause, um dann mit drohendem Unterton fortzufahren: »Und wenn wir herauskriegen sollten, dass du das mit der Gondel doch warst, bekommst du richtig Ärger!«
»Ich war es nicht«, sagte Clemens mit fester Stimme. Er zog eine Serviette aus dem Spender auf dem Tisch und holte einen Kuli aus der Tasche seiner Cargo-Hose. »Ich wäre wirklich sehr froh, wenn ihr mit Tami redet«, sagte er und schrieb seine

Telefonnummer auf die Serviette. »Hier.« Er schob das Papier zu Kim rüber. »Meldet ihr euch?«, fragte er mit brüchiger Stimme.

Kim nahm die Serviette und nickte schweigend.

»Vielen Dank!«, murmelte Clemens. »Dann, ähm, würde ich jetzt verschwinden, okay?«

»Ja«, sagte Marie. »Für heute gibt es wohl nichts mehr, was wir mit dir besprechen müssten.«

Clemens winkte und zog mit hängenden Schultern davon.

Franzi schüttelte den Kopf. »Eigentlich ist er ganz nett. Ich hätte nicht gedacht, dass einer wie er so einen Blödsinn macht.«

»Allerdings«, murmelte Kim. Sie steckte die Serviette ins Seitenfach ihres Rucksacks.

»Ich habe irgendwie ein merkwürdiges Gefühl«, sagte Marie. »Ich glaube, Clemens war das mit der Gondel wirklich nicht. Das heißt ...«

»Es gibt wahrscheinlich noch einen Saboteur«, beendete Kim Maries Satz.

»Genau!«

»Wir müssen wirklich dringend mit Schubarts reden!«, sagte Kim. Sie deutete zur Geisterbahn. »Die Absperrung ist weg, ich glaube, sie haben ihren Betrieb wiederaufgenommen. Vielleicht treffen wir Clarissa und Kai!«

»Da drüben steht Eckhart Schubart«, sagte Franzi plötzlich. »Wir könnten auch mit ihm sprechen, dann müssen wir nicht weiter nach den anderen suchen.«

Marie verzog den Mund. »Der nimmt uns doch sowieso nicht

ernst.« Sie betrachtete den alten Mann, der gerade mit einem Schaustellerkollegen am Autoscooter-Stand sprach. Bei ihrer letzten Begegnung war er wirklich nicht besonders freundlich gewesen. »Ich finde, wir …«, begann sie und stutzte dann. Eckhart Schubart deutete gerade eine Verbeugung an und hielt dem anderen Mann einen kleinen Umschlag hin. Der Mann wirkte erstaunt, nahm den Umschlag, öffnete ihn und sah hinein. Sofort ging ein Strahlen über sein Gesicht. Er klopfte Eckhart Schubart auf die Schulter.

»Vielleicht gibt er die Fotos zurück, die seine Enkel eingesammelt haben«, sagte Franzi.

»Und darüber ist der Mann so dermaßen begeistert?«, fragte Kim skeptisch. Plötzlich zuckte sie zusammen. »Da ist Geld drin.«

Jetzt sah auch Marie, dass der Mann mehrere Geldscheine in der einen und den Umschlag in der anderen Hand hatte. Er zählte die Scheine. Als er fertig war, klopfte er Eckhart Schubart erneut auf die Schulter.

Schließlich verabschiedeten sich die Männer voneinander.

»Wahrscheinlich hat er irgendwelche Schulden zurückgezahlt«, vermutete Franzi. »Also, was ist? Sollen wir ihn ansprechen oder nach den anderen suchen?«

Kim starrte immer noch konzentriert in Richtung des Scooter-Stands. »Ich glaube, jemand verfolgt ihn«, sagte sie mit rauer Stimme. Sie lief ein Stück weiter vor und reckte den Hals. »Da, der Typ mit dem karierten Hemd und der schwarzen Mütze. Der geht ihm doch hinterher!«

Marie runzelte die Stirn. »Ich glaube, du siehst überall nur Verbrecher. Oh!« Sie riss die Augen auf. Eckhart Schubart war gerade von einem Mann eingeholt worden, der ihn am Arm packte. Jetzt zerrte er ihn zur Seite. Kirmesbesucher wurden angerempelt und sahen die Männer empört an.
Eckhart Schubart wehrte sich, stolperte, dann verschwanden die Männer in einer Gasse zwischen dem Scooter-Stand und einem weiteren Fahrgeschäft.
»Hinterher!«, rief Kim und zog Franzi und Marie mit sich. Sie kämpften sich zu den gegenüberliegenden Fahrgeschäften durch und liefen in die Gasse hinein. Nur wenige Kirmesbesucher kamen ihnen entgegen und sie entdeckten Eckhart Schubart und den Mann im karierten Hemd sofort. Die beiden standen in der Nische eines Notausgangs und funkelten sich wütend an.
»Es ist nicht dein Geld!«, schrie der Mann.
»Aber deins auch nicht«, keuchte Eckhart Schubart.
»Hör endlich auf und gib es mir zurück!«
Die Männer fingen an zu rangeln und ein Umschlag fiel zu Boden. Beide bückten sich danach. Der Mann im karierten Hemd war schneller. Er schnappte sich den Umschlag und wollte ihn in seine Hosentasche stopfen. Dabei zerriss das Papier. Geldscheine quollen heraus.
Eckhart Schubart griff nach ihnen, erwischte einen Teil davon und wandte sich mit einer erstaunlich schnellen Bewegung ab. Der Mann im karierten Hemd setzte ihm nach und umklammerte ihn. Die Männer strauchelten, stießen gegen eine Müll-

tonne und Eckhart Schubart schrie auf. Der andere Mann ließ erschrocken los und trat ein Stück zur Seite.
Marie konnte sein Gesicht sehen. »Das ist dieser Tom!«, zischte sie.
In dem Moment bemerkten die Männer, dass sie beobachtet wurden.
Eckhart Schubart rieb sich die Schulter und starrte die Detektivinnen an, als seien sie drei Zombies, die gerade aus der Geisterbahn entwichen waren. Er atmete schwer, zog sich den Pullover zurecht und rief: »Was macht ihr hier?«
»Brauchen Sie Hilfe?«, fragte Marie zurück. Sie lief auf die Männer zu. Kim und Franzi folgten dicht hinter ihr.
Eckhart Schubart winkte ab. Immer noch schwer atmend sagte er: »Es ist alles in Ordnung!«
»Es sieht aber nicht so aus, als …«, fing Kim an.
»Ihr werdet hier nicht gebraucht!«, unterbrach Eckhart Schubart sie ärgerlich. »Das ist eine Familienangelegenheit!«
In dem Moment bückte sich Tom Schubart und wollte nach einem der Geldscheine auf dem Boden greifen. Eckhart Schubart trat schnell einen Schritt vor und stellte seinen Fuß darauf. Tom richtete sich mit vor Wut verzerrtem Gesicht wieder auf. Er öffnete den Mund und klappte ihn wieder zu. Dann drehte er sich um und trat fluchend mit dem Stiefelabsatz gegen die Blechkante der Seitentür. »Du kannst mich mal!«, schrie Tom und lief davon.
Marie sah ihm mit offenem Mund nach.
Eckhart Schubart bückte sich und hob den Geldschein auf.

Gedankenverloren steckte er ihn ein. Er lehnte sich gegen die Tür und schloss die Augen.
Marie starrte auf die Kerbe im Blech, die Toms Tritt hinterlassen hatte. Und plötzlich kam ihr ein Gedanke. Sie zog ihr Handy aus der Tasche und durchsuchte schnell die letzten Fotos, die sie gemacht hatte. Da war es: das Bild mit der Beule in der Gondel. Die Kerbe im Frontblech hatte fast die gleiche Form wie die im Türrahmen vor ihr. Wortlos zeigte sie Kim und Franzi das Bild und deutete zur Tür.
Kim und Franzi begriffen sofort. »Tom ist der Saboteur der Geisterbahn!«, rief Franzi.
»Wie bitte?« Eckhart Schubart hob den Kopf. »Was redet ihr da?«
»Warum streiten Sie mit Ihrem Sohn?«, fragte Kim.
»Hat er sich gerächt, weil Sie ihm Geld weggenommen haben?« Franzi sah ihn durchdringend an.
Eckhart Schubart stützte sich an der Türklinke ab und schüttelte den Kopf.
»Bitte, sagen Sie uns, was los ist!«, sagte Marie und trat einen Schritt vor.
Als der alte Mann sich mit dem Handrücken ein paar Schweißperlen von der Stirn wischte, fügte sie besorgt hinzu: »Brauchen Sie Hilfe? Sollen wir einen Arzt rufen?«
»Kümmert euch um eure eigenen Angelegenheiten!«, zischte Eckhart Schubart.
Überraschend gab er der Mülltonne vor sich einen kräftigen Stoß. Sie fiel krachend um, der Deckel sprang ab und der Müll

rollte heraus. Marie schrie auf und wich zurück. Sie konnte dem Deckel um Haaresbreite ausweichen. Dafür prallte sie im nächsten Moment mit voller Wucht auf Kim, die hinter ihr gestanden hatte. Kim verlor das Gleichgewicht und versuchte, einen Sturz zu verhindern, indem sie nach Franzi griff. Aber ihr Schwung war so heftig, dass sie ihre Freundin mit sich riss. Beide gingen zu Boden. Die Tonne rollte geradewegs auf sie zu. Marie stoppte sie geistesgegenwärtig mit ihrem ausgestreckten Bein.

»Er haut ab!«, keuchte Kim und hielt sich das Knie.

Marie nahm aus den Augenwinkeln eine schnelle Bewegung wahr: Eckhart Schubart hatte die Tür zum Seiteneingang des Fahrgeschäfts aufgerissen und war gerade dabei, darin zu verschwinden.

»Ich fasse es nicht!«, rief Franzi. Sie rappelte sich hoch und nahm die Verfolgung auf.

Marie sah alarmiert zu Kim hinunter. »Hast du dich verletzt?«

»Ist nur eine Schramme«, sagte Kim sofort und stand auf. »Komm!«

Leicht hinkend lief sie zum Seiteneingang und verschwand mit Marie durch die offene Tür.

Der schmale Gang hinter der Tür führte seitlich an der Autoscooter-Bahn entlang. Er war nur von einem Geländer begrenzt. Sie hörten laut dröhnende Musik vom Band und es gab kurze, knallende Geräusche, wenn die kleinen Wagen, von ihren johlenden Fahrern gegeneinandergesteuert, aufeinanderprallten.

Der Weg endete an der Rückseite der Halle wieder an einer Tür. Sie stand offen und Kim und Marie verließen das Gelände. Plötzlich blieb Marie wie angewurzelt stehen: In etwa einem Meter Entfernung ragte eine Reihe von mannshohen Holzlatten vor ihr auf. Marie brauchte einen Moment, um zu realisieren, dass dies der Zaun war, der das Kirmesgelände vom Wohnwagenplatz der Schausteller abschirmte.

Franzi stand mit hängenden Schultern vor ihnen und blickte abwechselnd rechts und links auf den Pfad, der sich zwischen dem Zaun und der Gebäuderückseite entlangzog.

»Er ist weg!«, sagte sie. »Ich habe eindeutig gesehen, dass er hier langgelaufen ist. Aber als ich rauskam, war er weg!« Sie sah an dem Zaun hoch. »Meint ihr, er ist da rübergeklettert?«

»Der ist über zwei Meter hoch!« Kim schüttelte den Kopf. »Der alte Herr scheint zwar wesentlich fitter zu sein, als er auf den ersten Blick aussieht, aber da ist er niemals so schnell rübergekommen!« Sie sah nachdenklich auf den Zaun. »Es sei denn, er ist …«, sie schob sich an Franzi vorbei und fasste an eine der Latten, »… hindurchgegangen!«

Marie sah überrascht, wie Kim ihre Hand durch ein Astloch steckte. Kurz darauf schwangen einige zusammenhängende Holzlatten auf.

»Die geheimen Türen!«, rief Franzi. »Daran habe ich überhaupt nicht mehr gedacht!«

»Du bist genial, Kim«, flüsterte Marie, während sie hinter ihren Freundinnen durch den Zugang auf den Stellplatz schlüpfte.

Vorsichtig sahen sich die drei Detektivinnen um. Marie bemerkte erst jetzt, dass es zu dämmern begonnen hatte. Die Wohnwagen lagen als dunkle Schatten in einem diffusen bleigrauen Licht. Vereinzelte Fenster waren erleuchtet.

»Da vorne ist er«, zischte Kim.

Offenbar wähnte sich Eckhart Schubart, nachdem er hinter den Zaun gelangt war, in Sicherheit. Er lief wenige Meter vor den Detektivinnen gemächlich zwischen den Wohnwagen hindurch.

Die drei !!! folgten ihm unauffällig.

Fast am Ende des Stellplatzes blieb Eckhart Schubart vor einem alten Wagen aus Holz stehen.

Die Detektivinnen zogen sich hinter einen Camper zurück und beobachteten, wie der Mann einen Schlüssel aus seiner Hosentasche holte und langsam die drei Stufen hinaufstieg. Am Eingang angekommen, schien er etwas zu suchen und kurz darauf flammte eine Lampe mit verschnörkelten schmiedeeisernen Verzierungen auf. Als er in ihrem gelblichen Schein die Tür aufschloss, konnte Marie sein Gesicht sehen. Der Mann wirkte müde und abgekämpft.

»Was ist?«, fragte Franzi ungeduldig. »Wir sollten ihn endlich zur Rede stellen!«

Die Tür des Zirkuswagens wurde zugeschlagen und innen ging das Licht an. Die Fenster waren nun hell erleuchtet.

Kim zögerte. »Ich weiß nicht. Der Typ ist mir irgendwie unheimlich.« Sie sah Marie unsicher an. »Was meinst du?«

Marie war hin- und hergerissen. Sie wollte unbedingt heraus-

finden, was hinter dem seltsamen Benehmen von Eckhart Schubart steckte. Aber gleichzeitig fürchtete sie, dass der Mann ausrasten könnte, wenn er merkte, dass sie ihm gefolgt waren. Er war vorhin ja nicht gerade zimperlich gewesen.
»Wir können ihn ja erst mal durchs Fenster beobachten«, schlug Franzi vor.
»Ja«, flüsterte Marie. »Lasst uns das machen.«
Franzi schob sich hinter dem Camper hervor und sah sich vorsichtig um. Sie wollte sich gerade von der Seite aus an den Zirkuswagen heranschleichen, da knirschten plötzlich eilige Schritte im Kies. Franzi hechtete zurück hinter den Camper. Eine Gestalt in einer schwarzen Kutte näherte sich mit schnellen Schritten und eilte an den drei !!! vorbei. Sie hatte die Kapuze tief ins Gesicht gezogen.
Erstaunt beobachteten die Detektivinnen, wie die Gestalt direkt auf den Zirkuswagen zulief. Sie kam in den Lichtkegel der Lampe und Marie stockte augenblicklich der Atem: In der Hand des Kuttenmannes blitzte eine Sense auf – und unter der Kapuze leuchtete ein bleicher Totenschädel hervor!

Tatort Geisterbahn

Maries Herz begann zu rasen. Sie krallte ihre Hand in Franzis Arm. Ihre Freundin gab einen erstickten Laut von sich. Der Sensenmann raffte seine Kutte und lief die Treppen zum Zirkuswagen hinauf. Er klopfte energisch an und riss dann, ohne eine Antwort abzuwarten, die Tür auf. Mit hoher Stimme rief er: »Opa! Jetzt reicht es!«

Marie blinzelte verwirrt.

»Der Tod spricht mit der Stimme von Clarissa Schubart«, murmelte Kim.

Franzi sah Kim und Marie von der Seite an. »Das *ist* Clarissa Schubart. In einem neuen Erschrecker-Kostüm.«

Marie nickte. »Ja, stimmt.«

Die Gruselgestalt streifte sich die Kapuze vom Kopf und Clarissa Schubarts rotblonde Haare leuchteten im Licht der Lampe auf, als sie in den Zirkuswagen stürzte. »Joey vom Scooter-Stand hat mir erzählt, dass du dich mit Tom geprügelt hast!« Sie klang sehr aufgeregt. »Jetzt muss Schluss damit sein. Sonst gibt es noch ein großes Unglück!«

»Clarissa!«, rief Eckhart Schubart. »Hast du mich erschreckt!«
»Gib ihm einfach …« Der Rest des Satzes war nicht mehr zu verstehen, weil Clarissa Schubart die Tür hinter sich zuschlug.
»Wir müssen näher ran«, zischte Franzi. »Kannst du mich übrigens bitte mal loslassen, Marie?«
Marie löste ihre Hand, mit der sie Franzis Arm die ganze Zeit umklammert gehalten hatte. »Entschuldige.«
Franzi rieb sich den Arm und sah sich kurz um. »Ist schon in Ordnung.« Sie grinste. »Die Luft ist rein!«
Die drei Detektivinnen schlichen sich an eine Seite des Zirkuswagens heran. Dort angekommen, mussten sie jedoch feststellen, dass die Fenster viel höher als bei den anderen Wohnwagen lagen. Zudem hingen breite Blumenkästen mit dichter Bepflanzung davor.
»Mach mal eine Räuberleiter«, flüsterte Franzi Kim zu.
Kim schüttelte den Kopf. »Das ist zu wackelig.« Sie deutete zu einem Sitzplatz mit einem Gartentisch und vier Stühlen am hinteren Ende des Wagens. »Wir können den Tisch unter ein Fenster stellen!«
»Gute Idee«, wisperte Franzi zurück.
Gemeinsam trugen sie den alten Holztisch das kurze Stück bis zum ersten Seitenfenster. Vorsichtig kletterten sie auf die Tischplatte und setzten sich in geduckter Haltung darauf. Das Fenster war geschlossen, aber die Stimmen im Inneren des Wagens drangen durch das rissige Holz des Rahmens gut hörbar nach außen.

»Bitte!«, rief Clarissa Schubart mit sich überschlagender Stimme. »Das schaukelt sich doch alles nur noch weiter hoch! Hör auf damit, das Geld zu verteilen!«
»So ein Quatsch!«, rief Eckhart Schubart. »Es hat alles seine Ordnung.«
Marie richtete sich langsam auf und bog ein paar der Pflanzen im Blumenkasten zur Seite. Die Detektivinnen rückten enger zusammen und lugten durch die entstandene Lücke ins Wageninnere.
Eckhart Schubart saß an einem schmalen Schreibtisch. Clarissa Schubart lief nervös in der Mitte des Wagens auf und ab. Sie hatte die Kutte ausgezogen und über einen Ohrensessel neben dem Schreibtisch geworfen. Das bunt gestreifte Shirt und die rosa Jeans, die sie trug, standen, zusammen mit ihren glänzenden, glatten Haaren, in einem merkwürdigen Kontrast zu ihrem gruselig geschminkten Gesicht.
Marie rückte ein Stück näher ans Fenster heran.
»Was meinst du, was Tom sonst noch alles anstellt«, hörte sie Clarissa Schubart. »Die Einbrüche und das alles, das hat er doch nur gemacht, weil er wütend auf dich ist!«
»Wenn er das wirklich getan hat, setzt es was!«, rief Eckhart Schubart aufgebracht.
»Nein!«, sagte seine Enkelin wütend. »Gib ihm einfach das Geld zurück, das du noch hast. Dann ist doch Ruhe!«
Kurze Zeit herrschte Schweigen. Eckhart Schubart knetete nervös seine Finger. »Wir hängen da aber jetzt mit drin«, sagte er mit brüchiger Stimme.

»Wie meinst du das?«, fragte Clarissa Schubart.
»Ich habe euch heute Vormittag nicht die ganze Wahrheit gesagt«, antwortete ihr Großvater und zog eine Schublade des Schreibtischs auf. Er tastete kurz darin herum. Als er seine Hand wieder hervorzog, hielt er eine Pistole darin!
Clarissa Schubart schrie auf.
Die drei Detektivinnen zuckten erschrocken zurück. Marie geriet aus dem Gleichgewicht und rutschte beinahe vom Tisch. Franzi hielt sie im letzten Moment fest.
Die drei !!! sahen sich alarmiert an. Kim zog hektisch ihr Handy heraus. »Ich rufe Kommissar Peters an«, zischte sie.
»Es ist nur eine Spielzeugpistole«, sagte Eckhart Schubart.
»Aber was hat das zu bedeuten?«, fragte Clarissa Schubart mit rauer Stimme.
Kim ließ ihre Hand mit dem Smartphone sinken.
»Ich habe sie in einem Versteck zusammen mit dem Geld gefunden. Tom muss damit einen Raubüberfall begangen haben.«
Clarissa Schubart blieb der Mund offen stehen. Die drei !!! erstarrten.
»Versteck? Raubüberfall?! Ich verstehe gar nichts!« Die junge Frau lief zum Schreibtisch und stützte sich mit den Händen auf die Platte. »Du hast gesagt, Tom hat das Geld im Kasino gewonnen und du hast es ihm abgenommen, weil er uns von damals etwas schuldig ist!«
Eckhart Schubart nickte. »Das Letzte stimmt. Das Erste war … gelogen. Ich …« Er verstummte.

»Verdammt, Opa!«, rief Clarissa Schubart. »Jetzt rede schon!«
Der alte Mann starrte auf die Tischplatte und schüttelte den Kopf.
»Bitte, Opa!«, rief Clarissa Schubart. Sie sah ihren Großvater eindringlich an. »Es wird doch alles nur noch schlimmer!«
Die drei Detektivinnen rückten näher ans Fenster.
Eckhart Schubart hob langsam den Kopf. »Also gut.«
Er kniff die Augen zusammen und holte tief Luft. »Es war letzte Woche. Da habe ich Tom zufällig gesehen. In der Geisterbahn. Nachts. Er hat sich an einer der Gondeln zu schaffen gemacht und ist schnell wieder verschwunden.« Er machte eine Pause, dann fuhr er fort: »Ich habe natürlich nachgesehen. Ich hatte befürchtet, dass Tom etwas kaputt gemacht hat. Das war aber nicht der Fall. Allerdings habe ich hinter dem Frontteil der Gondel einen Beutel gefunden. Da war diese Pistole drin. Und Geld. Sehr viel Geld: fast sechzigtausend Euro.«
»Hammer!«, flüsterte Franzi.
Clarissa Schubart schnappte nach Luft. »Und du hast das Geld einfach mitgenommen?«
Eckhart Schubart nickte stumm.
»Du hast es einfach genommen?!«, wiederholte sie atemlos. »Obwohl du vermutet hast, dass es die Beute aus einem Überfall ist?«
Eckhart Schubart zuckte zusammen. Dann schrie er: »Das war Schicksal! Und es ist gerecht. Tom hat früher viel Geld von der Geisterbahn unterschlagen. Er hat es nie zurückgezahlt. Aber jetzt haben wir es doch noch bekommen!«

»Was für eine Logik«, schnaufte Kim.
»Das ist doch total verrückt, Opa!« Clarissa Schubart trat vom Schreibtisch zurück. »Du hättest sofort mit Tom reden müssen! Du hättest ihn auffordern müssen, sich der Polizei zu stellen!«
Der alte Mann beugte sich zum Tisch und stützte seinen Kopf in die Hände. »Aber es ist eine wunderbare Möglichkeit, unsere Schulden bei den anderen Schaustellern schnell zurückzuzahlen.«
Seine Enkelin fuhr sich verzweifelt mit beiden Händen durch die Haare. »Mit schmutzigem Geld, das dein Sohn bei einem Überfall erbeutet hat! Ich fasse es nicht!«
Eckhart Schubart erhob sich mühsam von seinem Stuhl. »Aber so haben wir das jetzt bald erledigt. Wir sind schuldenfrei und mit dem Rest vom Geld können wir den Ausbau des Gruselsalons finanzieren.« Er hob die Hände. »Ich bitte dich, Clarissa, das ist die Chance!«
»CHANCE?!«, schrie die junge Frau. »Das ist ein Riesenmist! Das ist Geld aus einem RAUB!« Sie lief mit großen Schritten auf das Fenster zu, hinter dem die drei Detektivinnen lauschten, und riss es auf. »Ich werde noch verrückt!«, murmelte sie in das Dämmerlicht hinein.
Instinktiv hatten sich Kim, Franzi und Marie sofort geduckt, als sich Clarissa Schubart zum Fenster bewegt hatte. Sie kauerten nun wenige Zentimeter entfernt von ihr unterhalb des Blumenkastens auf dem Tisch.
Clarissa Schubart drehte sich mit dem Rücken zu ihnen. Sie

seufzte. »Onkel Tom ist in der Wurfbude. Wir gehen da jetzt sofort hin. Er muss sich stellen.«
»Nein, auf keinen Fall!«, rief Eckhart Schubart verzweifelt.
»Oh doch!« Mit einem Knall wurde das Fenster geschlossen. Marie zuckte zusammen. In ihrem Kopf begannen die Gedanken zu rasen. Würde sich dieser Tom tatsächlich freiwillig der Polizei stellen, weil seine Nichte darauf bestand? Oder würde er womöglich sofort flüchten, wenn sie ihn mit seinem Verbrechen konfrontierte? Sie mussten sofort Kommissar Peters anrufen und ihn herbitten!
Kim hatte offensichtlich den gleichen Gedanken gehabt. Sie hielt Marie ihr Handy unter die Nase. Die Nummer von Kommissar Peters war bereits aufgerufen. Marie nickte. Kim ließ sich langsam vom Tisch gleiten und entfernte sich lautlos vom Zirkuswagen. Schon nach wenigen Metern war sie im Schatten einiger Wohnwagen verschwunden.
Sekunden später polterten Schritte die Treppe hinunter. Clarissa Schubart rief wütend: »Dann gehe ich allein zu ihm. Und wage es ja nicht, das restliche Geld verschwinden zu lassen!«
»Clarissa! Nicht!« Eckhart Schubart stand im Eingang des Wohnwagens.
Seine Enkelin antwortete nicht. Sie lief mit energischen Schritten über den Kiesweg und war sehr schnell hinter einem der Wohnwagen verschwunden.
»Hinterher!«, rief Marie und sprang vom Tisch.
Im selben Moment gab es eine Reihe kurzer, dumpfer Rumpel-

geräusche am vorderen Bereich des Wohnwagens und sie hörten ein Stöhnen.
Marie sprintete nach vorne und erschrak. Eckhart Schubart musste beim Versuch, seiner Enkelin schnell zu folgen, die Treppe hinuntergestolpert sein: Er saß in gebückter Haltung auf der untersten Stufe und rieb sich mit schmerzverzerrtem Gesicht den Fußknöchel.
Marie lief sofort zu ihm, um zu helfen. Aus dem Augenwinkel sah sie, dass Franzi ebenfalls auf ihn zurannte.
»Was ist passiert?«, rief Franzi. »Haben Sie sich verletzt?«
Eckhart Schubart starrte die Mädchen fassungslos an. »Was macht ihr hier?! Hört gefälligst auf, mir hinterherzuschnüffeln!« Er zog sich am Handlauf der Treppe hoch und versuchte, seinen Fuß aufzusetzen. Aber es ging nicht, er zog ihn wieder hoch.
»Verschwindet! Aber dalli!«, brüllte er.
Nun kam auch Kim angelaufen. »Was ist denn hier los?« Sie hielt ihr Smartphone noch in der Hand und sah verdattert von Marie zu Herrn Schubart und wieder zurück.
»Die dritte Schnüfflerin ist auch da!«, sagte der alte Mann verächtlich. »Was glotzt du so? Noch nie einen Menschen gesehen, der sich den Fuß verstaucht hat?« Er setzte sich wieder auf die Treppe und streckte das Bein mit dem verletzten Knöchel vorsichtig aus. »Steht nicht hier herum! Holt mir lieber einen Eisbeutel!«
Marie schnappte nach Luft. Es war wirklich unglaublich, wie unverfroren der Mann war.

Schräg hinter ihr hörte sie plötzlich ein merkwürdiges Quäken in der Dunkelheit. Sie wirbelte herum. »Was …«

»Mist!« Kim starrte auf ihr Handy, als habe es sich in einen abgetrennten Gruselfinger verwandelt. »Ich hab vergessen, das Gespräch wegzudrücken!«

Sie presste das Handy an ihr Ohr. »Kommissar Peters?! Entschuldigung! Ich … nein. Wirklich alles bestens. Wir halten uns daran. Aber jetzt bräuchten wir noch einen Krankenwagen beim Stellplatz … Nein, *uns* geht es gut!« Schnell drückte Kim das Gespräch weg und machte ein besorgtes Gesicht.

»Er war vorhin schon nicht begeistert, aber jetzt ist er bestimmt stinksauer.«

Sie sah Marie und Franzi an. »Wo ist eigentlich Clarissa?«

»Sie ist auf dem Weg zu Tom«, sagte Marie. »Und da sollten wir uns auch schnellstens hinbegeben!«

»Ich habe dem Kommissar versprochen, dass wir hierbleiben, bis die Polizei da ist!«, warf Kim ein.

»POLIZEI?«, rief Eckhart Schubart entsetzt. Er richtete sich halb auf, sank aber sofort wieder zurück, als sein Fuß den Boden berührte. »Was soll das mit der Polizei? Seid ihr verrückt geworden?« Er sah die drei !!! wütend an.

»Wir haben das Gespräch mit Ihrer Enkelin eben mitgehört«, sagte Marie mit ruhiger Stimme. »Wir wissen über alles Bescheid!«

Eckhart Schubart blieb der Mund offen stehen.

»Und jetzt müssen wir uns entschuldigen.« Marie lächelte. »Keine Sorge, es wird gleich jemand bei Ihnen sein.«

Kim nickte. »Es ist mir egal, wenn der Kommissar mir nachher den Kopf abreißt. Auf zur Wurfbude!«

Showdown mit Sargtuch

»Hoffentlich kommen Kommissar Peters und seine Leute schnell!«, rief Kim, während sie hinter Franzi durch den geheimen Zugang zum Kirmesgelände schlüpfte. »Ich konnte ihm beschreiben, wo der Wohnwagen von Eckhart Schubart steht. Wo die Wurfbude von Tom ist, wusste ich aber nicht.«

»Der Kommissar wird das schnell rausbekommen!«, rief Marie. »Genau wie wir.« Sie eilten seitlich am *Gespensterschloss* vorbei, das jetzt von grünlichem Licht beschienen wurde. Nebelschwaden waberten um die Türme und die Gruselfiguren an der Fassade wirkten im diffusen Licht noch unheimlicher als am Tag.

»Ich glaube kaum, dass dieser Tom freiwillig zur Polizei gehen wird!«, rief Franzi. »Wir müssen uns beeilen!«

»Jaha!«, sagte Marie. Sie sah sich hektisch um und entdeckte den Vampir, der Kim bei ihrem ersten Besuch auf der Kirmes so erschreckt hatte. Er lehnte wieder mit geschlossenen Augen, regungslos wie eine Wachsfigur, an der Fassade neben dem Kassenhäuschen. Marie lief zu ihm hin.

Kaum hatte sie ihn erreicht, riss er die Arme vor und die Augen weit auf, fletschte seine Fangzähne und zischte: »Ich fress dich!«
»Entschuldigung!«, sagte Marie freundlich. »Können Sie mir bitte schnell sagen, wo die Wurfbude von Tom Schubart ist?«
Der Erschrecker wirkte irritiert. »Äh, zweiter Stand nach den, äh, Autoscootern«, stotterte er.
»Danke!«
»Hoffentlich denkt er jetzt nicht, dass er ein schlechter Erschrecker ist«, sagte Kim, während sie sich durch die Menge weiter vorwärtsdrängten.
Ein zügiges Durchkommen war unmöglich. Es war mittlerweile früher Abend und die Kirmes war sehr gut besucht. Marie hoffte, dass auch Clarissa Schubart eine ganze Weile gebraucht hatte, um bis zum Stand ihres Onkels zu gelangen. Marie sah konzentriert nach vorne und nutzte jede Lücke, die sich zwischen den Menschen auftat, um schnell durchzukommen.
Eine halbe Minute später hatten sie es bis zum Autoscooter-Stand geschafft. Dort herrschte, wie bei fast allen anderen Fahrgeschäften, Hochbetrieb. Eine lange Schlange hatte sich vor dem Tickethäuschen gebildet und Trauben von Menschen standen um die Bahn herum und feuerten die Fahrer an, die sich mit den kleinen Wagen gegenseitig rammten oder versuchten, sich im Chaos einen Weg zu bahnen.
Die drei Detektivinnen drängten weiter, am danebenliegenden Kettenkarussell vorbei, und erreichten schließlich einen ungefähr zehn Meter langen Stand, dessen Fassade eine Strandszene

mit Kokospalmen und Sonnenuntergang zierte. Statt Kokosnüssen hingen bunte Bälle zwischen den Palmwedeln, darüber spannte sich der Schriftzug *Tommis Wurfbude* in verschlungenen goldenen Lettern. Eine Kette aus Glühbirnen war an der oberen Kante des Dachs befestigt. Die Lichter waren jedoch nicht eingeschaltet.

Marie stellte überrascht fest, dass eine Hälfte der Rollläden am Tresen heruntergelassen war. Wahrscheinlich war das, zusammen mit der fehlenden Beleuchtung, der Grund dafür, dass es an dem Stand so leer war. Der Strom der Kirmesbesucher zog vorbei, ohne der Wurfbude große Beachtung zu schenken. Nur eine Gruppe von sechs Jugendlichen stand vor der anderen, offenen Standhälfte und diskutierte lautstark mit einer dünnen Frau hinter dem Tresen. Sie trug einen pinkfarbenen Grobstrickpulli und einen rosa Beanie, den sie tief in die Stirn gezogen hatte. Erst auf den zweiten Blick erkannte Marie die Frau. Es war dieselbe, die zusammen mit Tom die Kartons auf dem Wohnwagenplatz beim Bahnhof umgeladen und sich dabei heftig mit ihm gestritten hatte. Auch jetzt machte sie ein mürrisches Gesicht und redete mit schriller Stimme auf die Jungen und Mädchen ein. Ihr Name war Lilly, fiel Marie ein. Clarissa Schubart war nicht zu sehen.

Kim runzelte die Stirn. »Wo ist sie? Sie müsste doch schon längst da sein.«

»Und Tom Schubart scheint auch nicht da zu sein«, murmelte Franzi. Sie versuchte, hinter den von den Rollläden verdeckten Teil des Standes zu lugen.

»Wir schließen gerade!«, rief ihr die Frau zu. »Geht weiter!« Franzi zuckte zurück.
Die drei !!! sahen sich alarmiert an.
»Da stimmt doch was nicht!«, flüsterte Kim. Sie blieben unschlüssig stehen.
Lilly kehrte zu den Jugendlichen zurück, bückte sich unter den Tresen und kam mit einem Korb voller Bälle in den Händen wieder hoch. Sie knallte den Korb auf den Tisch. »Allerletzte Runde!«
Die Jugendlichen nickten zufrieden und begannen johlend die Bälle auf drei Dosen-Pyramiden zu ballern.
»Was ist?«, rief Lilly den drei !!! zu. »Ich hab doch gesagt, es ist Schluss für heute!«
Die drei !!! tauschten einen vielsagenden Blick. Marie schaltete sofort in den Schauspielmodus und setzte ein strahlendes Lächeln auf. »Aber die anderen dürfen doch auch noch!«, säuselte sie. »Bitte! Ich möchte es so gerne versuchen! Vielleicht treffe ich und bekomme den da!« Sie sah zur hinteren Wand, an der ein Regal stand, in dem wahllos die Gewinne aufgereiht waren: Gartenzwerge, Aschenbecher, Sektflaschen, Stehlampen, Plüschtiere, Pralinenschachteln, Körbe, Tonschüsseln, Teller und Tassen in allen möglichen Farben und Mustern. Auf dem Boden davor saß ein großer hellblauer Plüschbär.
»Der ist so süß!«, quietschte Marie und deutete auf das zerzauste, leicht angestaubte Plüschtier.
Lilly verdrehte die Augen. Sie lief zum Regal und schnappte

sich den Bären. »Geschenkt!«, kommentierte sie knapp, während sie Marie das Plüschtier über den Tresen schob. »Und tschüss!«
Marie schluckte. Jetzt war völlig klar, dass hier etwas nicht stimmte. Tom war nicht da, Clarissa auch nicht, und die Frau hatte es offenbar sehr eilig, den Stand zu schließen und ebenfalls zu verschwinden.
»Wo bleibt denn der Kommissar?!«, flüsterte Kim hinter Marie.
Marie versuchte, cool zu bleiben. Sie mussten jetzt auf Zeit spielen und dann weitersehen.
Mit einem Ruck zog Marie den Bären zu sich heran. »WOW! Wie wunderbar!«, rief sie und drückte ihn fest an ihre Brust. Ein muffiger Geruch stieg ihr in die Nase. »Das ist aber lieb von Ihnen!«, kreischte sie und achtete darauf, flach zu atmen. »Vielen, vielen Dank!« Sie gab dem Bären einen Luftkuss auf die Nase. »Na, du Süßer, jetzt gehen wir zusammen nach Hause.« Marie sah Lilly an. »Aber, kann ich den denn wirklich einfach so annehmen? Der war bestimmt teuer. Und Sie müssen doch hier ganz allein Ihr Geld verdienen? Oder? Oder haben Sie jemanden, der Ihnen hilft?«
Marie nahm die irritierten Blicke der Jungen und Mädchen neben sich wahr. Sie hatten ihre Bälle verspielt und starrten mit offenen Mündern rüber. Langsam wurde es peinlich. Aber irgendwie musste Marie schließlich versuchen, die Sprache auf Tom zu bringen. Wo war der Typ bloß?!
Lilly starrte sie befremdet an. »Schon gut. Nimm einfach das

Plüschding und geh nach Hause. Und ihr«, sie zeigte auf die Jugendlichen, »könnt jetzt auch gehen!«
Die Jungen und Mädchen grinsten, winkten und zogen ab.
Marie stopfte den Bären in ihre Tasche und überlegte fieberhaft, wie sie Lilly dazu brachte, weiter mit ihr zu reden.
Plötzlich wurde eine Tür seitlich hinter dem Regal aufgerissen. Tom Schubart stürzte herein. Er wischte an seinem T-Shirt herum, das voller weiß-grauer Farbflecken war, und besah kurz seinen Unterarm. Auch dort haftete graue Farbe.
»Was ist, Lilly?«, rief er gehetzt, während er sich mit einem Taschentuch die Farbe vom Arm wischte. »Mach den Laden dicht. Wir müssen weg!« Er knüllte das Tuch zusammen und ließ es auf den Boden fallen.
Lilly drehte sich zu Tom um. »Ich mach ja schon!« Sie griff nach der Stange mit der Drehkurbel für die Jalousie. »Hol mal den Korb rein.«
Tom lief zum Tresen und griff nach dem leeren Korb, den die Jugendlichen zurückgelassen hatten. In dem Moment bemerkte er die drei Detektivinnen. Er stutzte. Sein Gesicht nahm einen angespannten Ausdruck an. »Wir schließen, sorry!«, brummte er.
Marie war sich nicht sicher, ob Tom sie wiedererkannt hatte.
Ein dumpfes Poltern erklang im hinteren Teil des Stands.
Tom und Lilly warfen sich einen Blick zu. Lilly begann hastig, den Rollladen herunterzukurbeln. Tom schob sie zur Seite. »Lass! Ich bin schneller.«
Der Fensterladen bewegte sich in raschem Tempo mit einem

lauten, surrenden Geräusch nach unten. Marie meinte, im Hintergrund ein beständiges Klopfen und Poltern zu hören. Und plötzlich hatte sie einen schlimmen Verdacht.
Die Jalousie rastete mit einem Knacken ein.
»Mist, die entkommen uns!«, rief Kim. »Wir müssen sie aufhalten, bis der Kommissar kommt!«
»Ich glaube, der Eingang ist auf der Rückseite«, sagte Franzi und sprintete los. Kim folgte ihr schnell.
»Die haben Clarissa Schubart!«, rief Marie, während sie ebenfalls loslief.
Kim blieb abrupt stehen. »Wie bitte?«
»Er hat mit ihr gekämpft!«, sagte Marie aufgeregt. »Die Farbe auf Toms Shirt. Ich glaube, das ist weiße Schminke. Von Clarissas Gesichtsbemalung!«
»Verdammt!«, zischte Kim. »Du könntest recht haben!«
Als Marie um die Ecke bog, öffnete sich gerade eine Tür auf der Rückseite des Stands. Lilly trat heraus, gefolgt von Tom, der die Tür abschloss.
»Wie sollen wir vorgehen?«, fragte Kim.
Franzi zuckte mit den Schultern. »Wir müssen sie irgendwie aufhalten!«
Marie sah auf den Bärenkopf, der aus ihrer Tasche lugte. Sie zog das Plüschtier hastig heraus.
»Entschuldigung!«, rief Marie.
Lilly drehte sich um. »Was denn noch?«, fragte sie unwirsch, nachdem sie Marie erkannt hatte.
Marie räusperte sich. »Ich wollte nur was fragen, also …« Sie

drehte den Bären umständlich in ihren Händen und besah ihn von oben bis unten.
»Komm zum Punkt«, zischte Lilly.
»Also, ich frage mich: Kann man ihn waschen?« Marie bog ein Ohr des Bären vor und sah dahinter nach. Dann blickte sie die Frau mit erstaunten Augen an. »Ich sehe kein Schild mit Pflegehinweisen.«
»Ist das jetzt dein Ernst?«, fragte Lilly.
»Ja!«, rief Marie. »Weil ... das ist doch nicht so einfach, das synthetische Material vom Fell, meine ich, das ist bestimmt empfindlich. Außerdem weiß man ja nicht, aus was die Füllung besteht, wenn das Holzwolle ist, wäre Waschen echt schlecht. Andererseits ...«
»80 Grad, schleudern, Trockner.« Tom atmete scharf aus. »Komm!« Er zog Lilly mit sich.
»Idiot«, entfuhr es Marie. Dann sah sie sich hektisch um. »Und vom Kommissar keine Spur.«
»Da klopft was«, bemerkte Franzi plötzlich. »Hinten im Wagen, ich höre es deutlich!« Sie lief zur Tür und lauschte. »Eindeutig. Da ist jemand drin!«
Marie nickte. »Clarissa Schubart! Ich glaube, die beiden haben sie hier in der Bude eingesperrt.«
Kim sah nervös nach Tom und Lilly, die sich bereits ein ganzes Stück entfernt hatten. »Wir verlieren sie aus den Augen!«
»Verfolgt ihr sie, ich sehe hier nach«, sagte Marie schnell. »Ruft mich an, wenn es bei euch möglich ist, okay?« Kim und Franzi nickten und liefen los.

Marie rannte zur Tür des Stands und lauschte. Drei Schläge kamen aus dem Inneren.
»Hallo, ist da jemand?«, brüllte Marie und schlug mit der flachen Hand ebenfalls dreimal auf die Holzvertäfelung.
Einige Sekunden lang passierte nichts. Dann klopfte es wieder dreimal.
Marie antwortete mit drei Schlägen. »Hallo!«, rief sie erneut. Niemand antwortete, aber eine erneute Kaskade von Klopfgeräuschen folgte.
Marie durfte keine Zeit verlieren! Sie prüfte schnell das Türschloss und stellte fest, dass es ein einfaches Modell war, das leicht für sie zu knacken sein würde. Sie hatte viel Erfahrung darin, Schlösser auch ohne den passenden Schlüssel zu öffnen. Dafür war sie nämlich bei den drei !!! zuständig. Heute hatte sie sogar ihr Dietrich-Set dabei. Sie wühlte kurz in dem großen Matchbeutel. Als sie jedoch das Mäppchen nicht finden konnte, schüttelte sie den kompletten Tascheninhalt auf den Boden. Zwischen Plüschbär, Parfüm-Proben, Taschentüchern, Bonbons, Lippenstift, Taschenlampe und etlichen anderen Dingen, die Marie immer bei sich hatte, lag es, das schmale rote Etui mit den wichtigen Werkzeugen. Marie schnappte es sich, schaufelte die Sachen zurück vom Boden in ihre Tasche und machte sich an die Arbeit.
Nach weniger als einer halben Minute knackte es leise und die Tür sprang auf. Marie stürmte in die Wurfbude. Da war es wieder, das Klopfen! Sie ging dem Geräusch nach und wurde zu einem Einbauschrank in einer Nische geführt.

»Hallo!«, rief sie. Ein erstickter Laut war zu hören und lautes Klopfen. Marie schob mit einer energischen Bewegung den Riegel an der Schranktür zurück. Die Tür klappte auf und Clarissa Schubart taumelte ihr entgegen. Die junge Frau war an den Händen gefesselt und hatte ein Tuch um den Mund gebunden. Die Haare hingen ihr wirr ins Gesicht. Das geschminkte Totenkopfgesicht war völlig verwischt.
Marie entfernte den Knebel und Clarissa Schubart riss den Mund auf. »Danke!« Dann fiel sie Marie um den Hals.
»Es ist alles gut!«, murmelte Marie. »Sie sind in Sicherheit!«
»Wie hast du mich gefunden?«, murmelte Clarissa erschöpft. »Er hat mich einfach überrumpelt und hier eingesperrt. Ich wollte mit ihm reden, er muss ...«
»Schon gut, ich weiß Bescheid«, sagte Marie mit ruhiger Stimme. Sie fasste die junge Frau an den Schultern und schob sie zu einem Stuhl. »Setzen Sie sich erst mal, ich entferne die Fesseln, und dann warten wir. Die Polizei wird gleich da sein.«
»Wie ... was ...«, stotterte Clarissa Schubart, während Marie das Tuch löste, mit dem ihre Hände zusammengebunden waren. Sie ließ sich auf den Stuhl fallen
»Wie gesagt, ich weiß über alles Bescheid«, sagte Marie. »Meine Freundinnen und ich haben das Gespräch mitgehört, das Sie mit Ihrem Großvater im Wohnwagen geführt haben.«
Clarissa Schubart riss die Augen auf. »Was?!«
Maries Handy klingelte. Sie sah auf das Display, Kims Nummer blinkte darauf. »Einen Moment«, sagte sie und nahm das Gespräch an.

Kims Stimme drang leise an Maries Ohr: »Bist du noch beim Stand?«

»Ja! Ich habe Clarissa gefunden.«

»Ist sie in Ordnung?«, erkundigte sich Kim flüsternd.

»Soweit ich das beurteilen kann: ja.«

»Ist Kommissar Peters immer noch nicht da?«

»Nein.«

»Wo steckt er denn?! – Mist!«

»Was ist?«

»Tom und Lilly sprinten gerade los! Haben die uns gesehen?! Sie rennen zur Rückseite vom *Gespensterschloss*, ich glaube, die wollen zu einem der Notausgänge, ver…«

Die Verbindung brach ab.

Marie starrte auf ihr Handy. Sie drückte die Wahlwiederholung, aber Kim ging nicht dran.

»Ich muss weg!«, rief Marie Clarissa Schubart zu. »Kann ich Sie alleine lassen?«

Die junge Frau blinzelte verwirrt. »Ja, aber … was ist passiert?«

Marie schüttelte den Kopf. »Bleiben Sie einfach da, es wird gleich jemand kommen und sich um Sie kümmern!«

An der Tür orientierte sich Marie kurz und entschied, die Menschenmassen auf dem Hauptweg der Kirmes zu umgehen, indem sie hinter den Fahrgeschäften am Bretterzaun entlanglief. Zum Glück funktionierte das sehr gut, der Pfad neben dem Zaun war schnurgerade und ohne Hindernisse. In Rekordzeit gelangte Marie zur Rückseite der Geisterbahn. Sie blickte sich vorsichtig um. Kim und Franzi waren nicht zu sehen. Marie

versuchte, die beiden noch mal auf ihren Handys zu erreichen, aber ihre Freundinnen hatten sie ausgeschaltet.
Marie wurde nervös. Was hatte Kim vorhin gesagt? *Notausgänge ...*
Sie lief zu der schmalen Tür – und sah dort einen Gegenstand am Boden liegen. Marie bückte sich: Es war ein Schal, Franzis Schal! Hatten Kim und sie ihn absichtlich hiergelassen, um ihr den Weg zu weisen?
Wie auch immer, die beiden waren irgendwo hier und Marie musste sie finden! Sie stopfte das lila-grün gestreifte Baumwolltuch hastig in ihre Tasche und zog an der Tür. Zum Glück war sie nicht abgeschlossen. Marie schlüpfte hinein. Dumpf drangen geisterhaftes Heulen und Jaulen und die erschreckten Ausrufe und hysterischen Lacher der Besucher zu ihr, als sie eintrat. Grüne Lichter glommen an der einen Wandseite, auf der anderen zweigten Gänge ab. Marie tastete sich vorsichtig voran. Als sie den Durchgang der ersten Abzweigung erreicht hatte, schob sie langsam den Kopf vor und schaute hinein. Vor ihr lag ein ungefähr drei Meter langer Gang, an dessen Ende sich eine Treppe befand. Dahinter waren zwei Vampir-Gruselfiguren von hinten zu sehen. Aus ihren Rücken ragten Gelenkstangen und Kolben, die zu einer hydraulischen Anlage in einem großen Kasten führten. Von Kim und Franzi gab es keine Spur. Marie entschied, den Hauptgang entlangzulaufen und in jede Abzweigung zunächst nur hineinzusehen.
Beim vorletzten Durchgang lag wieder ein Gegenstand auf dem Boden. Kims Halstuch! Marie schlich sich heran, kniete sich

hin und schob den Kopf Millimeter für Millimeter vor. Das Herz schlug ihr bis zum Hals.

Und dann sah sie ihre Freundinnen am Ende des Gangs! Sie standen rechts und links der Tür und pressten sich eng an die Wand. Nur ihre Köpfe hatten sie vorsichtig vorgeschoben und schauten angespannt in den Raum hinein. Marie sah ein Stück eines Sarges, auf dem eine dunkle Decke lag. Es war der Raum, der als Grabkammer gestaltet war.

Marie richtete sich auf und lief dicht an der Wand entlang zu Kim. Ihre Freundin hörte sie durch das Wimmern, Jaulen und Fauchen der Gruselfiguren nicht und zuckte heftig zusammen, als Marie ihr die Hand auf die Schulter legte. »Ich wusste, dass du uns findest!«, flüsterte sie. Auch Franzi war zusammengezuckt, winkte Marie aber jetzt kurz zu, um gleich darauf wieder in den Gruselraum zu sehen.

Marie nickte und sah Kim fragend an.

»Tom und Lilly sind vorhin völlig panisch hier reingerannt«, erklärte Kim leise. Sie verzog das Gesicht. »Zuerst dachten wir, sie hätten uns bemerkt. Es war aber eine Gruppe von Polizisten, die sie so geschockt haben, glaube ich. Das war die Musikkapelle der Polizei auf dem Weg zum Festzelt, ihre Instrumentenkoffer haben Tom und Lilly offensichtlich nicht gesehen …« Sie schüttelte den Kopf. »Bei denen liegen die Nerven absolut blank. Wahrscheinlich dachten sie, einer von den Schubarts hat doch der Polizei Bescheid gegeben.«

»Und was ist jetzt?«, fragte Marie.

»Die beiden sitzen seit zwei Minuten da vorne in einer Nische.

So ein Technikraum, glaube ich. Lilly hat einen Heulkrampf und Tom fährt sich verzweifelt durch die Haare.«

»Warum habt ihr mich oder den Kommissar nicht angerufen? Gibt es hier kein Netz?«

Kim biss sich auf die Lippe. »Mir ist das Handy aus der Hand gerutscht, als wir Tom und Lilly hinterher sind. Es ist auf den Boden geknallt und geht nicht mehr. Und bei Franzis Smartphone ist ... der Akku leer. Wir haben gerade überlegt, dass eine von uns rausgeht und Hilfe holt, aber – Vorsicht!« Kim presste sich enger an die Wand. »Sie stehen auf!« Franzi sah alarmiert zu ihnen herüber.

Marie riss ihr Smartphone aus der Hosentasche und tippte auf die Nummer des Kommissars. Er ging nach dem ersten Klingeln dran und polterte los: »Marie Grevenbroich! Wo steckt ihr?! An der Wurfbude jedenfalls nicht, dafür haben wir ...«

»Bitte kommen Sie sofort zu der großen Geisterbahn, das *Gespensterschloss*«, unterbrach ihn Marie leise. »Der Notausgang auf der Rückseite. Tom Schubart und seine Freundin sind hier. Fluchtgefahr!«

»Sie kommen!«, zischte Franzi. Im nächsten Moment sah Tom vorsichtig durch den Durchgang in den Gang hinein. Er hatte nur das Ende im Blick und bemerkte Kim und Marie zu seiner Linken und Franzi zu seiner Rechten nicht. Er lief mit Lilly im Schlepptau los.

Marie überlegte fieberhaft: War Kommissar Peters mit seinen Leuten schon da? Sie mussten Tom und Lilly irgendwie aufhalten!

Marie stürzte in die Grabkammer hinein und riss das Tuch, das den vordersten Sarg bedeckte, herunter. Kim und Franzi sahen sie zunächst fragend an, als sie mit dem dunklen Stoff zurückkam.

Dann aber nickte Kim wissend. »Einen Versuch ist es wert!«

Tom und Lilly hatten das Ende des Gangs erreicht und wandten sich nach rechts. Die drei Detektivinnen liefen ihnen so leise wie möglich hinterher. Kim und Marie hielten das Sargtuch an je einem Ende.

Als sie sich wenige Schritte hinter Tom und Lilly befanden, hoben Marie und Kim ihre Arme und warfen das Tuch hoch über die Köpfe der beiden.

Lilly schrie gellend auf, als der Stoff sie berührte, und Tom nahm instinktiv die Hände vors Gesicht. Marie und Kim rissen das Tuch ein Stück nach hinten und wickelten es mit Franzis Hilfe so fest um das Paar, dass es Arme und Hände nicht mehr bewegen konnte.

»Was ist das?«, schrie Tom ängstlich. »Was …«

Die beiden zappelten unter ihrem Stoffgefängnis und gerieten ins Straucheln. Sie prallten gegen die Wand, es folgten zwei kurze Aufschreie, dann gingen sie zu Boden. Die beiden bewegten sich kaum unter dem Tuch, sie schienen von dem Sturz vollkommen benommen zu sein.

Marie kniete sich hin, holte Kims Halstuch aus ihrer Tasche und begann, eins der Beinpaare zu fesseln. Kim zog ihren Gürtel aus der Hose und band das andere zusammen. Unter dem Sargtuch klang dumpfes Stöhnen hervor.

»Gibst du dem Kommissar Bescheid?«, fragte Kim. Marie nickte und zog ihr Handy aus der Hosentasche.

Auf die nächsten hundert Fälle!

Detektivtagebuch von Kim Jülich
Montag, 9:30 Uhr

Es ist nicht zu fassen: Unser Fall fing mit einem (scheinbaren) Einbruch in einem Schausteller-Wohnwagen auf der Kirmes an – und endete jetzt mit der Festnahme von zwei Bankräubern!!!

Tom Schubart und Lilly Klein sitzen, nachdem wir sie Kommissar Peters gut verpackt übergeben konnten, in Untersuchungshaft. Beide versuchen sich gerade damit herauszureden, dass der andere die Idee zu dem Banküberfall hatte und er/sie nur geholfen und bestimmt nicht die (Spielzeug-) Pistole auf die Bankangestellten gerichtet hat. Der Kommissar prüft gerade die Zeugenaussagen, dann wird sich das schon noch herausstellen. Aber egal, wer die Waffe hatte – fest steht: Die beiden haben eine Sparkasse überfallen und dabei fast sechzigtausend Euro erbeutet! Sie wollten damit auf irgendeiner exotischen Insel eine Tauchschule eröffnen und ein neues Leben beginnen. Davon haben beide schon immer geträumt. Mit der Wurfbude hätten sie es aber nie geschafft, das nötige Startkapital zu verdienen. Logisch, dann muss man eben eine Bank überfallen! ... Jetzt aber Spaß beiseite. Nach dem Überfall hat Tom Schubart das Geld und die Pistole nachts in der Geisterbahn in einer Gondel

hinter einem Frontteil versteckt, das man abmontieren kann. Er und Lilly wollten eine Zeit lang Gras über die Sache wachsen lassen und hatten Angst, dass man das Geld bei ihnen entdecken könnte. Also ist Tom die Geisterbahn seiner Familie eingefallen, er kannte sich dort sehr gut aus, weil sie ihm von Kindesbeinen an vertraut war. Verrückt! Er hat die Beute sozusagen vorübergehend seiner Familie untergeschoben! Er hat sie zu nichts ahnenden Transporteuren von Beutegut gemacht! Später, wenn die Geisterbahn in der nächsten Stadt angekommen und aufgebaut sein würde, wollte er das Geld wieder an sich nehmen und sich mit Lilly aus dem Staub machen.
Als die Geisterbahn hier bei uns auf der Kirmes war, ist Tom in der Nacht vor der Eröffnung losgezogen und wollte die Beute holen. Er hat sie aber nicht mehr in der Gondel gefunden. Dann hat er alle Wagen abgesucht, weil er dachte, dass er sich vielleicht in der Gondel geirrt hatte. Er wurde hektisch, weil sich bei einer der Gondeln das Frontteil verkantete, als er es wieder einsetzen wollte. Er hat es mit einem Fußtritt versucht, was zunächst klappte. Aber am nächsten Tag ist das Teil bei der Fahrt heruntergerutscht und hat einen Kurzschluss verursacht.
Wir sind Tom auf die Spur gekommen, weil er mit seinem Tritt eine deutliche Kerbe im vorderen Blech der Gondel hinterlassen hat. Allerdings dachten wir, dass er den Wagen absichtlich beschädigt hat, weil er wütend auf seine Familie ist – also einen Sabotageakt aus Rache verübt hat.
So kann man sich täuschen.
Und jetzt kommt's: Das Beutegeld war wirklich nicht mehr in der Gondel. Ganz einfach, weil Tom Schubarts Vater es weggenommen hat! Eckhart Schubart beobachtete seinen Sohn nämlich zufällig in der Geisterbahn und hat dann das Geld und die Pistole an sich genommen und angefangen, mit dem Geld Schulden zurückzuzahlen, die die Familie Schubart bei andern Schaustellern hatte. Das ist doch der absolute Hammer!!!
Eckhart Schubart wird sich natürlich dafür verantworten müssen, dass er Geld aus

einem Überfall unter die Leute gebracht hat und obendrein das Verbrechen verschwiegen hat, das sein Sohn begangen hat.
Wahrscheinlich wäre die Sache nie herausgekommen, wenn Franzi, Marie und ich nicht an der Geisterbahn wegen verschiedener Sabotageakte ermittelt hätten. Wir hatten unsere Fühler in alle Richtungen ausgestreckt. Deswegen haben wir auch den Streit mitbekommen, den Tom und Eckhart Schubart auf der Kirmes hatten. Opa Schubart war gerade dabei, Schulden bei einer Schausteller-Familie zurückzuzahlen. Da ist Tom auf ihn losgegangen und hat »sein« Geld zurückverlangt. Von Lilly hatte er erfahren, dass beim Schaustellerinnen-Frühstück mehrere Frauen ganz begeistert erzählt hatten, dass Opa Eckhart die Schulden zurückzahlt. Tom hätte es im Kasino gewonnen und ihm gegeben. Das stimmte natürlich nicht und so wussten Lilly und Tom, dass Opa Eckhart das Versteck in der Gondel entdeckt haben musste. Was für eine verrückte Sache!
Ziemlich verrückt finde ich auch noch ein anderes Detail: Eckhart Schubart hat Tom ja mitten in der Nacht in der Geisterbahn gesehen. Ich habe mich die ganze Zeit gefragt, was der alte Mann dort um Mitternacht gemacht hat. Das hat Kommissar Peters scheinbar auch interessiert und er hat danach gefragt. Er hat eine ganz einfache Antwort erhalten: Eckhart Schubart leidet unter Schlafstörungen. Wenn er nicht schlafen kann, geht er um die Geisterbahn herum spazieren. Und manchmal setzt er sich im Gruselsalon an die Tafel neben eine der Geisterfiguren. Das beruhigt ihn und lässt ihn meistens wieder müde werden. Oh Mann, Menschen haben schon komische Vorlieben.
In der besagten Nacht hat Eckhart Schubart jedoch wenig Ruhe gefunden, weil er nämlich seinen Sohn bei den Gondeln gesehen hat ... Der Rest ist bekannt. Echt verrückt!
Ebenso verrückt ist, dass der Einbruch in den Wohnwagen von Clarissa Schubart, das beschmierte Kassenhäuschen und die manipulierten Feuerfackeln auf das Konto

eines 17-jährigen Jungen gehen, der damit versucht hat, seine Schwester zur Rückkehr zur Familie zu bewegen. Wir haben uns mit der Schwester des Jungen für nächste Woche verabredet. Ich hoffe sehr, dass wir Tami Lindner dazu bewegen können, dass sie endlich mit ihrer Familie spricht!

Geheimes Tagebuch von Kim Jülich
Montag, 13:14 Uhr

Du liest tatsächlich immer noch heimlich mit?!! Pass auf, dass es nicht plötzlich dunkel vor deinen Augen wird. Dann habe ich nämlich ein Sargtuch über dich geworfen und werde dich dingfest machen!!!

Der Geisterbahn-Fall hat mich echt auf Trab gehalten. Ich habe erst heute Morgen meine E-Mails gecheckt. Und was war da?! Eine Mail von IHM!!!!!!!!!!!!!!!!!!!!!!!!!!!!!!!!!!!!!!
Von Sebastian!!!!!!!!!!!!!!!!!!!!!!!

Er hat sie gestern Vormittag um 11:55 Uhr geschrieben. An mich und an David. Das ist so süß! Er hat uns gute Besserung gewünscht und hofft, dass wir keine Gehirnerschütterung haben. Ich finde das sooo nett von ihm! Ich muss ihm gleich zurückschreiben, damit er sich keine Sorgen macht. Hoffentlich hat er sich nicht aufgeregt, weil ich mich nicht gleich gemeldet habe. Aber wenn ich ihm erzähle, dass wir zwei Bankräuber auf der Kirmes dingfest gemacht haben, versteht er das bestimmt ;-).

Außerdem muss ich dringend etwas aufklären: Sebastian schreibt, dass er es toll findet, dass David Haikus schreibt und ich und die anderen auch so interessiert sind. Er hat das wohl in dem Durcheinander nicht richtig mitgekriegt, wer jetzt genau das Gedicht mitgebracht hat. Zuerst habe ich mich geärgert, aber dann habe ich gemerkt, dass das eine Riesenchance ist! Ich schreibe Sebastian, dass ich das Haiku irgendwann mal abgeschrieben habe und nicht mehr weiß, wo. Und ob er eine Idee hat, wer der Verfasser sein könnte … Er sucht überall im Internet, aber findet natürlich nichts.

Sein Ehrgeiz ist geweckt, und dann sitzen wir zusammen im Café Lomo. Vor uns auf dem Tisch zwei Tassen Cappuccino und stapelweise Gedichtbände aus der Bücherei. Unsere Arme berühren sich, während wir blättern, suchen, die Welt vergessen, uns die schönsten Haikus vorlesen und dann ... STOPP. Ich mag doch eigentlich lieber Kakao. Und überhaupt: Ich darf jetzt nicht herumfantasieren. Ich muss endlich die Mail an Sebastian schreiben und ihm antworten. Er will nämlich, wenn der Reportagekurs zu Ende ist, einen mit Gedichten anbieten. Und er fragt David und mich, ob wir Ideen für bestimmte Formen oder Poeten haben. ER fragt MICH und David um Rat! Ich muss nachher gleich mal googeln. Und dann schreibe ich Sebastian zurück. Hoffentlich meldet er sich ganz schnell wieder bei mir. Das würde es mir ein bisschen leichter machen, dass wir uns nun volle drei Wochen nicht sehen werden. Ach, Sebastian, Sebastian, Sebastian.

Liebe Grüße, euer Sebastian, steht übrigens unter der Mail. EUER!! Noch besser wäre natürlich: dein Sebastian. Aber auch so finde ich es einfach total supersüß!!! Ich kann es kaum erwarten, seine Mail zu lesen. Und dann steht da DEIN Sebastian drunter! Aber jetzt muss ich ihm endlich antworten, sonst kann er ja nicht wieder zurückschreiben. Logisch, oder?

Hoffentlich meldet er sich ganz bald wieder.

Was mache ich bloß, wenn er nicht antwortet?! Meine Mail könnte in seinem Spam-Ordner landen und er sieht sie nicht ... Ich werde noch verrückt. STOPP.

Ich schreibe jetzt ganz einfach diese Mail!!!

Und dann muss ich mir ein paar Sachen für Samis Party raussuchen. Er feiert morgen bei Marie in der Villa seinen Abschied. Es soll eine Halloweenparty mit dem Thema »Die Grusel-Klinik« werden. Ehrlich gesagt, hatte ich für meinen Geschmack in den letzten drei Tagen mehr als genügend Schauergestalten um mich herum. Aber es ist schließlich Samis Fest. Mir wird schon noch etwas einfallen.

Marie sah in den Spiegel und nickte zufrieden. Kim, Franzi und sie blickten ihr daraus entgegen. Ihre Gesichter waren blass geschminkt, die Augen mit schwarzem Kajal betont und alle drei trugen weiße Jeans und weiße Kittel, auf denen Spritzer von blutroter Farbe dezent verteilt waren. Franzi hatte ein Stethoskop um den Hals hängen, das sie sich aus dem Fundus der Tierarztpraxis ihres Vaters ausgeliehen hatte, und Marie und Kim hatten jede Menge Plastikspritzen in den Taschen ihrer Kittel verteilt.

»Einfach, aber effektvoll«, murmelte Marie. Sie grinste und zeigte dabei zwei spitze Fangzähne zwischen ihren blutroten Lippen.

»Die drei *Vampir-Ärztinnen*«, sagte Franzi fröhlich. »Meinem Papa würde es zwar nicht gefallen, dass wir den Arztberuf so gruselig darstellen, aber egal!« Sie bleckte die Zähne und zeigte begeistert ihr schauerliches Vampirgebiss.

Kim zupfte an ihrer Brusttasche, damit die Spritzen besser zu sehen waren. »Super! Vielen Dank, Marie, dass dir diese Verkleidung eingefallen ist. Ich habe gestern in meiner Verzweiflung schon überlegt, mir einfach einen Kopfverband zu machen.«

»Mit viel Kunstblut drauf wäre das auch nicht schlecht gewesen«, fand Franzi.

Marie nahm eine Tube Lipgloss von der Kommode und schraubte die Kappe ab. »Jetzt noch mehr Glanz auf die Lippen und es sieht so richtig blutig aus!«

Kichernd trugen sie nacheinander die glänzende Paste auf, was

gar nicht so leicht war, weil die spitzen Zähne immer im Weg waren.
Plötzlich wurde Kim ernst. »Das erinnert mich an Clarissa Schubart und ihre Familie.« Sie setzte sich auf Maries Schminkhocker. »Es muss ein schwerer Schock für sie gewesen sein, dass ihr Onkel kriminell geworden ist und der Opa dann auch noch!«
Marie lehnte sich gegen die Kommode und drehte nachdenklich die Tube in der Hand. »Sami hat übrigens mit ihr telefoniert. Sie hat sich dafür entschuldigt, dass sie ihm nicht bei der Planung seiner Party helfen konnte.«
»Dass sie überhaupt noch daran gedacht hat!«, stellte Franzi verwundert fest. »Alle Achtung, bei dem, was bei ihr los war.«
Marie nickte. »Es geht ihr gerade wirklich nicht so gut. Aber ihre Eltern und ihr Bruder sind für sie da und helfen ihr, den Schock zu überwinden.«
»Sie schafft das bestimmt!«, sagte Franzi.
Marie und Kim nickten.
Ein energisches Klopfen an der Tür ließ die drei !!! hochfahren. Marie rief: »Ja, ist offen!«
Die Tür wurde aufgerissen und eine von Kopf bis Fuß kunstvoll in weiße Mullbinden eingewickelte Gestalt huschte herein. Nur je ein schmaler Schlitz für die Augen und den Mund war frei gelassen. »Hey!«, erklang eine helle, leicht genervte Stimme. Es war unverkennbar Maries Stiefschwester Lina.
»Hi!«, rief Marie. »Schönes Kostüm!«
»Hat auch ewig gedauert, bis Mama mit dem Rumwickeln

fertig war!« Lina seufzte. »Und wie ich aufs Klo gehen soll, weiß ich auch nicht. Na, egal.« Sie zuckte mit den Schultern. »Wir brauchen dringend Hilfe bei den Regenwürmer-Toasts! Das dauert ja ewig, die Würstchen in so dünne Streifen zu schneiden. Wäre toll, wenn ihr mitmachen könntet!«

»Klar, wir kommen gleich!«, sagte Marie.

»Super!« Wie der Blitz verschwand Lina wieder. Die Tür ließ sie offen.

»Dann treten wir mal zum Würmerschneiden an«, meinte Franzi und lachte.

Kim räusperte sich. »Wartet mal! Jetzt, wo ich Lina gerade gesehen habe, fällt es mir wieder ein: Was ist mit dem Foto von der Geisterbahn, Marie? Hast du es ihr schon gezeigt?«

Franzi schlug sich vor den Kopf. »Stimmt, das wollte ich vorhin auch schon fragen! Hat sie den Pulliklau zugegeben? Weißt du, wer der Junge ist? Ist es ihr neuer Freund?« Franzi und Kim sahen Marie gespannt an.

Marie seufzte. »Das Foto ist weg.«

»Wie, weg?«, rief Franzi.

»Ich muss es irgendwann auf der Kirmes verloren haben«, sagte Marie. »Vielleicht, als ich Clarissa befreit habe oder danach in der Geisterbahn. Oder sonst wo. Es ist jedenfalls nicht mehr in der Seitentasche gewesen.«

»Das ist ja blöd!«, sagte Franzi. »Aber du kannst sie doch auch ohne das Foto ansprechen, oder?«

»Ja, schon.« Marie zögerte. »Aber mit wäre es viel besser gewesen. Ich muss mir noch was einfallen lassen. Ich muss da richtig geschickt vorgehen, Lina mauert ja total, wenn es um die Jungsfrage geht.« Sie grinste. »Immerhin hatte ich schon eine tolle Idee für meinen Kleiderschrank!«

»Echt? Hast du wieder eine Alarmanlage mit Lichtschranke und Warnton installiert?«, fragte Franzi. »Dann pass auf, die ist dir ja schon mal selbst zum Verhängnis geworden.«

Marie nickte. »Dieses Mal läuft es anders!«

Kim sah Marie neugierig an. »Und wie?«

»Ich habe den Gruselfinger, den Finn mir geschenkt hat, oben auf die Kante der Schranktür gelegt.« Marie machte eine Kunstpause und zog die Augenbrauen hoch.

Franzi lachte. »Und wenn Lina wieder an deine Pullis will und die Tür aufmacht, fällt ihr ein wunderschöner abgetrennter Daumen in den Nacken.«

»Hoffentlich bleibt ihr nicht das Herz stehen«, sagte Kim.

»Keine Sorge«, sagte Marie. »Lina ist hart im Nehmen. Aber eine kleine Lehre wird es ihr trotzdem sein!«

»Na dann«, sagte Kim. »Ich hoffe echt, dass Ben und Lukas niemals an solche Gruselkörperteile rankommen. Wenn die mir so etwas unters Kopfkissen stecken würden, würde ich durchdrehen.«

Marie sah Kim erstaunt an. Sie wusste, dass Kims zehnjährige Zwillingsbrüder eine Menge auf dem Kerbholz hatten und kaum eine Situation ausließen, in der sie ihre große Schwester ärgern konnten. »Aber du bist von den beiden Nervensägen doch schon einiges gewohnt«, sagte sie deshalb.

Kim zuckte mit den Schultern. »Klar. Aber kleine Plastik-

spinnen sind doch etwas anderes als lebensecht aussehende, blutige Latex-Körperteile ... Na ja, momentan sind die beiden sowieso mit sich selbst beschäftigt, glaube ich.«
»Immer noch das Fußball-Thema?«, fragte Franzi.
Kim nickte. »Seit Ben von dem Talent-Scout entdeckt worden ist, ist er ständig bei irgendwelchen Sondertrainings. Und Lukas geht dauernd heimlich trainieren, weil er hofft, dass er besser wird. Und wenn die beiden sich zu Hause sehen, zoffen sie sich nur noch.« Kim seufzte. »Der Vorteil ist, dass sie mich gerade in Ruhe lassen.« Sie sah auf ihre Armbanduhr. »Aber wir sollten jetzt schnell zu Lina und Sami in die Küche gehen.«
Die drei Mädchen sprangen die breite Marmortreppe mit dem gedrechselten Armlauf hinunter.
»Wo bleibt ihr denn«, empfing sie Lina, die gerade eine Portion dünn geschnittener Würstchenstreifen auf eine geröstete Toastscheibe legte, die mit Ketchup bestrichen war.
Marie rümpfte die Nase. Es sah wirklich so aus, als würden sich kleine rosafarbene Würmer in einer Blutlache kringeln. Man musste sich jedes Mal ein bisschen überwinden, eine der Horror-Schnitten in die Hand zu nehmen. Allerdings lohnte es sich auch immer wieder. Die Würmer-Toasts schmeckten einfach richtig gut!
»He, Mädels!«, rief Sami. »Lasst mal kurz die Sachen stehen.« Er balancierte eine große Bowleschüssel in den Händen, die mit einer perlenden giftgrünen Flüssigkeit gefüllt war. Kleine Ausrufezeichen, die aus Apfel- und Mangoscheiben ausgestochen waren, schwebten darin.

»Wir wollen gerne mit euch anstoßen, bevor hier tausend Leute auftauchen! Clarissa hat mir erzählt, was passiert ist. Ihr wart großartig!«

Sami stellte die Schüssel auf den Holztisch in der Mitte der Küche und begann, die grüne Bowle in Gläser zu schöpfen. Maries Vater und Tessa erschienen mit Finn in der Tür, hinter ihnen winkten Holger und Blake.

Sami reichte den drei !!!, Lina und den anderen die Gläser.

Maries Vater lächelte. »Wir erheben unsere Gläser auf euren gelösten Fall!«

Die drei !!! sahen sich an. Das war ja eine nette Überraschung!

»Danke!«, rief Marie. »Und auf eine tolle Party!«

Sie prosteten sich zu und tranken von der fruchtigen Waldmeister-Bowle.

»Auf die nächsten hundert Fälle!«, rief Franzi, fischte mit spitzen Fingern ein Apfel-Ausrufezeichen aus ihrem Glas und biss genüsslich hinein.

Kim und Marie lachten.

»Und womöglich demnächst in Helsinki«, sagte Sami.

»Wer weiß!« Marie lächelte. »Wo auch immer, wie auch immer – der nächste Fall kommt ganz bestimmt!«

Mira Sol mag Sonnenblumen, Krimis und Geheimnisse. Sie lebt und schreibt in Stuttgart. Die Ideen zu ihren Geschichten findet sie beim Beobachten von Menschen im Café, beim Zeitungslesen oder bei Spaziergängen im Wald. Oder auch mal auf dem Jahrmarkt in der Geisterbahn, wenn das gruselige Wimmern von Vampiren, Hexen und Zombies durch die Dunkelheit zu ihr dringt …

Leseprobe

Mira Sol:
Legende der Einhörner

Kim sprang ein. »Guten Tag! Wir sind vom Schülerjournal und machen eine Reportage über alte Bibliotheken.«
Der Professor runzelte die Stirn. »Das ist sicher eine gute Sache. Aber mir wäre es sehr lieb, wenn ich unterrichtet werde, bevor fremde Personen in diesen sensiblen Bereich gelangen.«
Meri schluckte. »Ja, sicher. Daran haben wir nicht gedacht.«
»Nun gut.« Der Professor lief zu einem der Arbeitstische an der Wand und sah sich suchend um. »Ich habe mein Handy hier vergessen«, murmelte er.
Er sah auf seine Armbanduhr. »Es ist schon nach sechs. Meine Damen, wollen Sie nicht für heute Schluss machen? Das Wochenende ruft.« Sophie wies mit dem Kinn zum Kopiergerät. »Wir wollten noch ein Kapitel einscannen.«
Der Professor nickte. »Wenn Sie meinen. Aber dann darf ich die drei jungen Damen bitten, mit mir zu gehen. Habt bitte Verständnis, aber aus versicherungstechnischen Gründen kann ich es nicht verantworten, dass ihr mit zwei studentischen Aushilfskräften hier alleine seid.«
Marie setzte ein gewinnendes Lächeln auf. »Wir bräuchten nur noch ein paar Minuten.«

Professor Gercke schüttelte den Kopf. »Nicht ohne meine Anwesenheit. Ihr könnt gerne nächste Woche kommen, wenn ich da bin.«
Marie runzelte die Stirn und setzte zum Sprechen an. Sophie kam ihr zuvor. »Lasst uns telefonieren und einen Termin ausmachen, okay?«
Die drei !!! tauschten einen kurzen Blick. Es war offensichtlich, dass die Studentinnen keinen Ärger mit ihrem Professor haben wollten.
Franzi nahm ihre Jacke und ihren Rucksack. »Alles klar. Kommt, wir gehen.«
Kim und Marie schnappten sich ebenfalls ihre Sachen und verabschiedeten sich von den Studentinnen.
»Ich ruf dich an«, sagte Meri zu Franzi und klopfte ihr auf die Schulter. »Tut mir leid, dass das jetzt so gelaufen ist.«
Franzi schüttelte den Kopf. »Das ist kein Problem. Bis bald!«
»Nichts für ungut«, sagte Professor Gercke, nachdem die schwere Schlosstür hinter ihnen zugeschlagen war. »Ich finde es wirklich sehr schön, dass ihr euch für Bibliotheken interessiert. Aber die Bestimmungen der Versicherungen sind streng. Ich möchte meinen Ruf nicht aufs Spiel setzen.«
Die drei Freundinnen liefen mit dem Professor bis zum Ende der Steinbrücke. Dort verabschiedete sich der Mann von ihnen und nahm mit schnellen Schritten den Weg zum Westtor.
Franzi zwinkerte. »Sollen wir noch mal zurück ins Schloss?«
»Lieber nicht«, meinte Kim. »Ich will nicht, dass Meri und Sophie wegen uns Ärger kriegen.«

Marie tippte auf ihre Armbanduhr. »Außerdem haben wir gar nicht mehr so viel Zeit. Lasst uns zu mir nach Hause gehen.«
»Na gut«, antwortete Franzi sofort. »Ich freue mich schon total auf den Babysitterabend. Dein kleiner Bruder ist so süß.«
Marie nickte. »Das ist er wirklich. Aber ich warne euch: Finn wird versuchen, uns um den Finger zu wickeln, um ewig wach bleiben zu dürfen.«
»Das macht doch nichts«, meinte Kim. »Dann schlagen wir uns eben die Nacht um die Ohren. Morgen können wir schließlich ausschlafen.«
Die Mädchen liefen durch die einsetzende Dämmerung in Richtung Osttor.
Franzi seufzte. »Schade, dass wir nur so ein kurzes Stück von den Geheimgängen sehen konnten.«
Kim seufzte ebenfalls. »Ehrlich gesagt, finde ich das gar nicht so schlimm. Diese Gänge sind schon verdammt eng.« Sie rückte ihre Tasche zurecht. »Aber die Geschichte mit der Wunderkammer fand ich spannend. Ich würde gerne mal einen Blick in dieses Tagebuch werfen.«
»Hoffentlich meldet sich Meri bald«, stimmte Franzi zu. »Vielleicht ist es ja tatsächlich in einer der Kisten, die an den Restaurator geschickt wurden.«
»Wittert ihr etwa einen neuen Fall?« Marie grinste und flötete: »Die drei !!! auf der Suche nach der geheimen Wunderkammer. Warum nicht?!«
Kim zuckte mit den Schultern. »Mach dich nur lustig. Ich find's spannend.«

Sie bogen in die Allee ein, die ins Ostviertel führte, in dem Marie wohnte.
Plötzlich blieb Marie stehen und sah durch die schmiedeeisernen Stäbe des Zauns, der das Grundstück der Villa neben ihr umgab. »Was war das?« Sie deutete in den hinteren Gartenbereich, in dem sich die schwarzen Silhouetten von mehreren mächtigen Tannen erhoben. »Da hat was geleuchtet.«
Franzi reckte den Hals. »Ich sehe nichts.«
»Doch«, beharrte Marie. »Da war ein blaues Leuchten.«
Franzi kniff die Augen zusammen. »Vielleicht ein Wetterleuchten? Es fängt bestimmt gleich an zu regnen.«
»Ich weiß nicht«, sagte Marie zögernd.
Im nächsten Moment riss Franzi die Augen auf. Ein blaues Schimmern war zwischen den Tannen aufgetaucht. Es nahm an Stärke zu, schien auf und ab zu schweben und zitterte unruhig.
Und dann blieb Franzi der Mund offen stehen. Im Zentrum des blauen Leuchtens tauchte eine kleine weiße Gestalt auf: ein steigendes Pferd, dessen lange Mähne wild im Wind flatterte. Franzi schluckte. Mitten auf der Stirn des Tieres prangte ein langes, silbern glänzendes Horn.
Mit einem Schlag erlosch das Licht und die Gestalt wurde von der Dunkelheit verschluckt.
Franzi schüttelte den Kopf. »Leute, ich hab Halluzinationen«, presste sie hervor.
Marie fasste sie am Arm. »Hast du etwa auch ein …«
»… Einhorn gesehen?«, ergänzte Kim.

Marie lachte hysterisch. »Das kann ja wohl nicht wahr sein.« In der nächsten Sekunde hörten sie einen schrillen Schrei.

Die drei !!!

Vorsicht, streng geheim!

176 Seiten, ca. €/D 13,–
ISBN 978-3-440-17154-7

Kim ist glücklich in ihrer Beziehung mit Kalle. Alles könnte so romantisch sein, wenn nicht ihre Mutter ihr Leben in einen Halloween-Alptraum verwandeln würde. Halloween-Chaos, Liebeskummer und ein neuer Fall: All das vertraut Kim ihrem Tagebuch an. Das ist eigentlich streng geheim, aber du darfst mitlesen, mitfiebern und mitlachen!

Ein kultiger Comic-Roman mit Witz, Herz und Spannung.

diedreiausrufezeichen.de

Die drei !!!

Clevere Girls knacken jeden Fall!

- ☒ Die Handy-Falle
- ☒ Betrug beim Casting
- ☒ Gefährlicher Chat
- ☐ Gefahr im Fitness-Studio[e]
- ☐ Tatort Paris[e]
- ☐ Skandal auf Sendung[e]
- ☐ Vorsicht Strandhaie![e]
- ☒ Skaterfieber[e]
- ☐ Im Bann des Tarots[e]
- ☐ Tanz der Hexen[e]
- ☐ Kuss-Alarm[e]
- ☐ Popstar in Not[e]
- ☐ Gefahr im Reitstall
- ☒ Spuk am See[e]
- ☐ Duell der Topmodels[e]
- ☐ Total verknallt![e]
- ☐ Gefährliche Fracht[e]
- ☐ VIP-Alarm[e]
- ☒ Teuflisches Handy[e]
- ☒ Beutejagd am Geistersee[e]
- ☐ Skandal auf der Rennbahn[e]
- ☐ Jagd im Untergrund[e]
- ☐ Undercover im Netz[e]
- ☐ Fußballstar in Gefahr[e]
- ☐ Herzklopfen![e]
- ☐ Tatort Filmset[e]
- ☐ Vampire in der Nacht[e]
- ☐ Achtung, Promihochzeit![e]
- ☐ Panik im Freizeitpark[e]
- ☐ Falsches Spiel im Internat[e]
- ☐ Betrug in den Charts[e]
- ☐ Party des Grauens[e]
- ☐ Küsse im Schnee[e]
- ☐ Brandgefährlich![e]
- ☐ Diebe in der Lagune[e]
- ☐ SOS per GPS[e]
- ☐ Mission Pferdeshow[e]
- ☐ Stylist in Gefahr[e]
- ☐ Verliebte Weihnachten[e]
- ☐ Achtung, Spionage![e]
- ☐ Im Bann des Flamenco
- ☐ Geheimnis der alten Villa[e]
- ☒ Nixensommer
- ☐ Skandal im Café Lomo!
- ☒ Tatort Geisterhaus[e]
- ☐ Filmstar in Gefahr[e]
- ☐ Unter Verdacht[e]
- ☐ Die Maske der Königin[e]
- ☐ Skandal auf dem Laufsteg[e]
- ☐ Freundinnen in Gefahr[e]
- ☐ Krimi-Dinner[e]
- ☐ Das rote Phantom
- ☐ Hochzeitsfieber!
- ☐ Klappe und Action!
- ☒ Wildpferd in Gefahr
- ☐ Geheimnis im Düstermoor[e]
- ☐ Tatort Kreuzfahrt
- ☐ Gorilla in Not[e]
- ☐ Das geheime Parfüm
- ☐ Liebes-Chaos!
- ☐ Der Fall Dornröschen
- ☐ Spuk am Himmel
- ☐ Flammen in der Nacht
- ☒ Der Graffiti-Code
- ☐ Heuler in Not
- ☐ Tanz der Herzen[e]
- ☒ Tatort Geisterbahn
- ☐ Gefahr im Netz
- ☐ Nacht der Wölfe
- ☐ Gefährliches Spiel
- ☐ Gefahr in den Ruinen
- ☐ Kuss der Meerjungfrau
- ☐ Legende der Einhörner
- ☐ Rätsel der Vergangenheit
- ☐ Tatort Hollywood
- ☐ #Falscher Ruhm
- ☐ Achtung, Gaunerzeichen!
- ☐ Das Bienengeheimnis
- ☐ Vier Pfoten in Gefahr
- ☐ Ein echt schöner Fall
- ☐ Geheimnis im Spukhotel
- ☐ Das Konfetti-Komplott
- ☐ Voller Einsatz für die Erde
- ☐ Luftballon-Küsse
- ☐ Ein Fall mit Herz und Huf
- ☐ Rätselhafter Raub
- ☐ Geheimnisvoller Liebestrank
- ☐ Die Krimi-Verschwörung
- ☐ Der Fluch der Fee
- ☐ Mission Gipfelglück
- ☐ Geburtstagsdiebe
- ☐ Geheimnis am Fluss

Alle Bücher auch als E-Book erhältlich

[e] nur als E-Book erhältlich

diedreiausrufezeichen.de